続内藤明歌集

現代短歌文庫

砂子屋書房

続 内藤 明集☆目次

歌論・エッセイ

解説

続　内藤明歌集

歌集　夾竹桃と葱坊主

（全篇）

I

夏の光景

食卓に茄子とゴーヤと皿があり写生されたるかたちのままに

百年にただ一度だけ咲く蘭と教へられしがそこここに咲く

ちぎれたるビニール絡む鉄条網視線は越えて夏野にあそぶ

朝顔の枯れたる花を摘みゆくに記憶はとほき庭の黒土

わたつみに照り翳りする午後の陽を身籠りし人と遠く見てゐき

忘られし帽子のごとく置かれあり畳の上の晩夏のひかり

ひとつ事決めたるのちのさびしきに南部風鈴風を立たしむ

海水を洗ふシャワーに飛沫立ち束の間浮かぶ虹の断片

歩み来て芙蓉の花を見上げたりわが死の後を生きゐるわれら

どこよりか物焼く匂ひ漂ひて土手の細道ゆふぐれ深し

埴輪の馬

両の手で包まば寒き炎(ひ)とならむ目にたどりゆく土器の曲線

とつぷりと遠世の闇を抱へゐる須恵器の壺を覗かむとする

新しきコートを脱ぎて椅子に置く死ぬ理由などどうにでもなる

スポイトに黒きインクを満たしむる夜の時間の身に匂ふまで

殺すにはいささか理由（わけ）が必要で恥知らずにも文案が要る

火の玉に焼き尽されし人の街　石ノ油ガソンナニ欲シイカ

昼間見し埴輪の馬が過（よぎ）りたり雨の匂ひはいづこより来る

脊柱に突き刺さりたる鉄鏃（てつぞく）の錆びてうつすら朱を滲ます

天空に星は遷（うつ）りて昨日こそ砂漠に神の御子生（あ）れしとぞ

方舟の底に目を閉ぢ揺られをり扉を嬲（なぶ）る須佐之男（スサノヲ）の息

白みゆく空また草生(くさふ)　おそれつつ鳥は地上にことばを交はす

急行「銀河」

白蠟とはいかなる白さ　命もたぬ人の額(ひたひ)に手を触れむとす

寝ころびて競馬中継眺めをり亡義父(ちち)が使ひし卓上テレビ

どうしても開いてくれないフロッピー机の縁に三たび叩きぬ

小指はも鍵盤(キー)に触れつつ遊びをり黒光りする「A」の周辺

機械打壊(ラッダイト)の記憶を残す石の斧探さむとしてWWW(ウエッブ)に入る

地震(なゐ)ひとつ首を打つたり電脳がじわりじんわり冒しゆくなり

カーテンを吊しそのまま売られゐる隣の家の主を知らず

出張といへど浮きたつものありて急行「銀河」の寝台にゐる

鉄橋をいま渡るらし闇の中に闇はひらかれ海へ入りゆく

東塔は朱塗り伽藍に囲はれて二十一世紀の朝の日を浴ぶ

水煙にめぐり来たれる歳月を仰ぎて人は地の上の影

少しづつ背骨ずれゆく日々なるか宙に尾を振るステゴサウルス

覚えある起伏を指はなぞりつつ闇の奥より聞こえ来るこゑ

紫蘇の葉と茗荷を乗せて一口に豆腐はわれを喰らはむとする

核家族五人が集ふ写真館わらへと言はれ笑ひてゐたり

きのふまで鶏(とり)のからだを支へゐし骨を握りて腿肉(ももにく)を食ふ

たつぷりと水を含ませ髭を剃るこの快感はわれとわがもの

春の泥濘

ものを食む音ぞ聞こゆる竹藪に首めぐらせば春昼深し

本降りになりさうな空　軒下に眼鏡を外しガラスを拭ふ

ゆゑ知らず涙はひとにうつりゆく卒業式の半ばを過ぎて

卒業と入学の間にただよへる虹の時間が遥かにありぬ

三月のダイヤ改正　ペン先は列車乗り継ぎ北へと急ぐ

昨年のごと卒業式の夜を来てひとり楽しむ吟醸の酒

土かぶせ黒き五粒の種葬る遥けき夏の朝を見るべく

ゴム長の底によぢれしソックスの感じは遠き春の泥濘

人麻呂歌集

打ち靡く春のゆふべを虚木綿の隠りて読める人麻呂歌集

命から命へつなぐひとすぢの時間はるけし　恋歌一首

象形の文字より出でし仮名の線あさき夢みし朝をなぞれり

丘ひとつ越えて開けるなだりには地より沸き立つ菜の花のころ

迷ひ入りし住宅街に人居らず森閑として四月のひかり

いつしんに若きみどりを押し開く桃の梢を見あげてをりぬ

*

「非開化論」と訳せし男が仏蘭西の夜に灯ししランプの炎

兆民の後（のち）を生きゐし子規居士の庭の糸瓜を思はざらめや

何するとなけれど日暮れの道に立ち一人の時をたのしむごとし

脳天大神

レモンサワー口に含みてしばらくを砂に吸はるる波の音聞く

わが脳の断層画像並べ置き萎縮の箇所を医師は指したり

覗きつつ覗かれてゐる　感情をつかさどるてふ脳(なづき)の部分

昼間見し桃のま白き花思ひ黄砂吹きしく夜をひとりをり

重ねゆく罪も歓喜も春おぼろ寒くはないか、ひと本桜

出来秋(できあき)といふ語をひとつ覚えたり俳人君のゐる今日の演習(ゼミ)

米国産牛(ぎう)のこま切れ飯(いひ)に載せ食らふならひを疑はざりき

口きかぬ男の子となりてたまさかに叫ぶ声する叩く音する

賜りしイタリア製の万年筆前世紀はじめ未来派ありき

わがために友が買ひ来し大和なる脳天大神のお守りぞこれ

不知火

台風の逸れたる朝（あした）　西へゆくジェット機に読む『ららら科學の子』

窓枠は神のまなこにあらざれど海に浮き立つ嶋山さびし

女子大で集中講義

大陸の乙女もまじり不知火（しらぬひ）筑紫乙女は語尾やはらかし

ゆつくりと潮（うしほ）満ちくる夕暮れか螺旋の階に雲を見てゐつ

近代が憧れとして創りたる太古の闇にしばしあそべり

香椎灘ここにありきと街中（まちなか）の砂踏みゆけば風も吹かぬか

芋の酒呑みて何かを待ちゐたりむらぎも赤く溶けはじめつつ

十九歳の春、二日市で発掘のアルバイトをした

「襟裳岬」聴きしは筑紫の酒場にて遁れたかりき、逃れたりしや

古墳（ふるつか）を掘りて憑きたる霊ありき三十年をわがうちに棲む

さつきから指が触れゐる椅子のビス自爆テロてふ言葉なかりき

甕棺の埋もれてありしところ過ぎ火の国に入る高速道路

吉野ヶ里という公園

クニとなりその国滅びしムラの跡あまねく照らす秋の日輪

首のなき人骨は兵士のものといふ二千余年を甕に待ちゐつ

柱から復元されたる祭殿はそのかみ治虫（をさむ）が描きし館

道の辺に飛ぶとしもなくただよへり交尾終へたる蜻蛉（せいれい）二匹

佐賀を越えれば有明海

乱と言ひ事変と呼べり鉄砲が刀を駆逐するにもあらず

わけのしん・めかじや・わらすぼ・むつごらう　海より生れし言葉いただく

逃げまどふ子らをとらふる映像の静止するとき箸を置きたり

海越えて西より来たる神ありき葦に風吹くこの列島弧

パソコンを開けば

用なさぬメールあまたを捨てにゆく「ゴミ箱」といふ水色の籠

某日

半ば寝て半ば起きゐるわがからだ春の光はまぶたにかゆし

雨霽れて若きみどりの萌ゆる午後ひとり遅れて珈琲を飲む

満員の電車のいづこ庖丁は研がれて鉄のにほひを放つ

身にそそぐ水が欲しとは思はねど夕べを来たりこの川の辺に

ワイシャツの肘に乾けるご飯粒一日をわれとともにありしか

　雲のまなかに

ブルースにコードは不要まづ聴けと君はうたへり終はりなき歌

縛りたる三十六冊些（ち）と重し捩れを正す捨てにゆくため

遥かなる想ひにぴんと帆を張りて八十翁の白きワイシャツ

箱あれば箱の形に身をなして猫の渡世にゃ刃物は要らぬ

おどろきて反芻したりいづこより漏れ来る声かわがひとりごと

少しづつ違ふ記憶にうなづきて手酌愉しき友だち四人

やむごとなき猫にてあればむにゃむにゃと酔ひにまかせて言葉を交はす

百回の青竹踏みの途中から変な音するあたまのどこか

ハンカチを振りて穴より出で来たり戦（いくさ）を知らぬ鼠なるべし

爺さんが楊枝（やうじ）に塩をまぶしつつぶつくさ言ひし湯殿思ほゆ

忘れゐし悔しみひとつ奔りたり何かが終はつてしまつたやうな

宿酔の朝（あした）ベンチに見上げゐる雲のまなかにわれは寝転ぶ

自　画　像

戦ひに死にし男が描きたる銀座の女の靴を見てをり

一枚の紙が伝ふる時と場所〈戦死〉の下に「されました」の文字

勇敢に死にたりしゆゑ「自画像」は老いることなし六十余年

につぽんの夜の暗さを思はせて「白い家」ありわが近づくに

金冠のはづるる夢を見てゐしが覚めて触るれば昨日のごとし

邯鄲の夢

四日経て封切る手紙　大きなる布裁ち鋏を畳に置きつ

その幹に午後の陽揺るる七竈（ななかまど）くれなゐの葉を空に透かせり

はじめより在らざるものの影を追ひまなこは疲る夜の深みに

これぞわが怒りのこゑとおぼされよ二度とは言はぬ二度とは言へぬ

深々と椅子に座れば木の間より冬の光はわが頬に射す

亡き人の呉れたる鯉の肝エキス瓶に残るを四粒呑みたり

邯鄲の夢ならねども眠りゐし五分の間をわれは忘れず

解決のつかぬ幾つはそのままに手帳を替へむ来む年のため

ひとり来て海吹く風に向かひをり四十九歳、歳晩の夜

死にました起きよ起きよと猫の手が伸びて来るなり壁の中より

記憶の周辺

くすくすとわらふ櫟（くぬぎ）の下をゆく少女の群に少し遅れて

この朝の空の深さを伝へむに手に抱き寄するなにものもなし

ちよこなんと砂に坐りて海に向く子犬といへど犬なれば犬

地球儀に幻灯機の灯（ひ）を当ててゐしかの日の父の背中を覗く

教会の二階は畳の部屋にして青年がこころの愛を語れり

石綿の付きたる金網燃やせしは四十年前、その赤き炎（ひ）よ

差し出（いだ）す指先に何を引き寄せむ〈ガチョーン〉の後の長き空白

階段をチ、ヨ、コ、レ、イ、トとくだりゆく後ろ姿のおさげが揺るる

〈シェー〉をして動かずありし智邦も癌に死にたり二十年前

二十インチの自転車を漕ぎのぼりゆく鯨山とは地の上の瘤

はけの道たどりて遠くあそばむか礎石日に照る武蔵国分寺跡

自意識とふ棘もつ言葉知りしより笑ふことなき歳月がある

おんぼろの東武デパートにたどり着き三島由起夫展の人群に居き

きつとどこか大きく違つてゐるのだらうチューブの尻より軟膏を出す

II

鳩の肉

レンブラントのつやめく闇をめぐり来て光(かげ)やはらかき秋の噴水

雨の街見おろす地上四十階皿に置かれし鳩の肉食ふ

やがて来る津波あるべし夜の窓にあまた光の瞬きやまず

針金を伸ばし縮めていぢめをり卓上に今クリップはなし

雨止みて土のにほへる草むらのいづこか人の高笑ふ声

細胞が忙しく息を吸ひはじめ水のほとりにわが目覚めたり

卓上に一つ置かるるヘッドフォン震へてはまた黒き沈黙

筑波颪

天地（あめつち）のあはひに白きものが舞ひ真言（まこと）問はさぬ鳥かざわめく

筑波颪（つくばおろし）寒く肌裂く田の中の墓に鳴りゐむ骨壺の骨

たびびとは日の暮れ方を歩み来て藁の褥（しとね）にからだを寝かす

紅と黄に染め分けられて鎮もれる昔話の山を見て過ぐ

土に散り滅びゆくもの燃やさむと揺るる炎に風を送りぬ

冬のいのち

引き金に触れしことなき指先はコルクの栓をポケットに撫づ

たつぷりと冬の光を浴びて来しマフラーが今椅子の背にあり

この家の一番温とき場所を知り拾はれ猫は午後を眠れり

男らは首より紐を垂らしをり二十世紀の集合写真

交差路にともに在ること能(あた)はねば車は人を跳ね飛ばしたり

真夜醒めて蛇口より飲む寒の水いのち継ぎゆく言の葉よあれ

キー打ちて過ぎし一日か脳みそが耳の穴より流れ出しさう

ゆうらりと液晶画面を泳ぎゐる青き魚が岩に隠れぬ

やまとの湯

千メートル掘りて湧きたる出で湯とぞ自転車（ちゃりんこ）に乗りまた浴みにゆく

ヤオコーが隣りに出来てつぶれたるダイエー跡に建つ「やまとの湯」

思ひ出し笑ひのやうに噴き出づる愉しき言葉　おつとあぶない

こころもち身体の芯が捻れをり右の踵をわが思ひゐき

今朝見れば坊主頭になりし子が卓のむかうにトマトを囓る

感情のひとつひとつを言葉もて逆撫でしてはたのしむのだね

ご近所に同姓の人住めるらし誤配の酒の名を確かむる

足音のありて振り向く　達磨さんを決めて歩める夜の廊長し

嫌味だなあ、その言ひ方は　進み行く会話に戻せぬ時を思へり

つくしん坊

首筋に滲める汗を手で拭ひ溜め息一つ押し殺したり

いまだ若き時代がありぬ目を閉ぢて風を待つなり子規記念館前

春日射す棚田の畦をのぼりつめ水平線の位置にわが立つ

この海を越えて行きたる青年の野心きらめく内海の波

日だまりにゆつくり言葉をえらびつつ猫は女と話しゐるらし

隠れ棲む家などあらば持ちゆかむもの数へをり旅の終はりを

釣り鯖はその身さらして皿にありつくしん坊のお浸しを添へ

葦と猫

遠くより細断機（シュレッダー）の音響くらし臓器ひとつが震へはじめぬ

『古事記伝』四十四巻成りし年ナポレオンはエジプトを侵し始めぬ

萌（きざ）す葦、そよげる葦にたぐへられ地に満ちてゐしカミ、ヒト、命

海月（くらげ）なす漂ふものに触れなむと両の乳房に手のひらを載す

あかときの夢の渚に凍えゐし鯨をおもふ髭剃りながら

ウィルスが内より侵せし桃の葉を一枚一枚手に収めゆく

有時（うじ）は三頭八臂（さんづはっぴ）の阿修羅像また露柱（ろしゅ）灯籠と道元言へり

溜め息がドアより漏れしとS教授部屋に入り来て饅頭を置く

ゆびさきは記憶をたどりためらへり朝のメールのやはらかき嘘

流れゆく川の背びれに浮かびゐて三羽の鴨は動くともなし

本日休業

朝日射す畳にゆつくり這ふ蛇を跨げばすなはちネクタイとなる

かゆいから掻くのか掻くゆゑかゆいのか裏返したき肌を掻きをり

ミュシャ描く女の視線たどりつつプラハの春のトレモロの中

にんにくを丸ごと食ひし翌朝の胃の腑のごとき怒りといはむ

いくたびも同じところを繰り返しアリアの声は聞こえずなりぬ

息吹きて屋台に啜るラーメンは宿酔防止のためのみならず

端的に教へてくれてありがたう資本主義とは株を買ふこと

薔薇の香がうすむらさきに変はりゆく夏あかときの夢のなかゆく

女男(めを)二人踊るところを見る人は窓の向かうに影として立つ

長椅子を二つ並べて置きてあり　おや、今日は休業らしい

感傷

人居らぬ駅舎も車も雨の中しなの鉄道追分の駅

もうそこは青き淵なり高く低く雲ゆく中を風の奔れる

おほかたは決着つかぬ日々にして房総沖を台風は過ぐ

十年前の店に入りたり松明の火に照らされて雪積もりゐき

口おもくゐるにはあらずたつぷりと聞きて楽しむ母音の色を

コスモスの揺れてゐたるを中空につがひて流る蜻蛉（あきつ）の群は

たちのぼる香りのありて一椀の真白き粥をしばし見てゐつ

敵機の影

賜ひたる南の島の黍の酒さらり甘きを何にたぐへむ

洞穴に春の陽こぼれ六十年ねむりし髑髏起きあがりゐむ

空白のわれの記憶に刻まれし敵機の影はいづこにか去る

恥（やさ）しさに耐へてゐるらし満開の桜一樹をわが見上げをり

腹痛（はらいた）のイタの部分をさぐりゆく祈禱師ならぬ白衣の人は

足に合ふ靴を初めて履きたりし五十歳（ごじふ）の春を忘るべからず

笑つてゐるのだらうか　石として礎石は浴ぶる正午のひかり

マジックで染めたまつ赤な爪もちて掻きむしりゆく髪の付け根を

夾竹桃の道

八月の　午後の長きを、とめどなく　こころいぶせみ、パソコンの　画面を消して、家を出で　ぶらつきゆけば、日々通る　道路のわきに、夾竹桃　紅く咲き満ち、その下に　一筋の道、ひつそりと　岐れてありぬ。この町に棲みて十年、かかる道　いまだ知らねば、いつよりか　開けしものと、あやしみて　歩みてゆくに、晩夏光　斜めに射して、下駄草履　ならべて置ける、黒壁の　ひとつ店あり。自づから　足の赴き、あらかじめ　決めゐしごとく、桐の下駄　一足買ひて、破れズック　そこに脱ぎ棄て、新しき　両歯踏みしめ、店出でて　わが歩めれば、かんらころ　わが下駄の音、脳天を　直に叩きて　背筋に響く、こんろから　鼻緒のぬくみ、きりきりと　素足を締めて地べたをつかめ、からつぽの　両手あそばせ、胸のボタン　ひとつ外して、

うかれつつ　わが行き行くに、道はしも　曲りくねりて、虫の鳴く　草生を越えて、松原の　あらくさが辺に　いつしかも　出でてありたり。湿りたる鼻緒をゆるめ、左右(さう)の下駄　そつと揃へて、垣の間ゆ　覗きて見れば、そこなるは　社(やしろ)の裏手、常のごと銀杏大樹の、鬱蒼と　影とし立てり、その先につづきてあるは、見馴れたる　道路と家居。常世(とこよ)より　帰りしごとく、時忘れ　しばしを佇ちて、なつかしき　もの見るやうに、暮れて行く　夏の夕べを　愛(を)しみてをりぬ。

反歌

小径(せうけい)のありしところか夏草の繁れる見れば蝉の声する

一度だけ履きたる下駄を仕舞ひたり夏の形見といはばいふべく

河童の皿

基督（きりすと）の墓をマップに捜しゐるみちのくの夜は春のはじまり

木に草にひとときに咲く花を見てまなこはあそぶ連山の雪

遠き世に木に彫（ゑ）られたるみほとけの口に触れなば唇（くち）うごくかも

ハンガーに少し傾くジャケットは昨日の雨のにほひを放つ

たつぷりと眠りたる朝地に立てば開かれてゆく皮膚も葉つぱも

今見たる河童に皿のなきことを男は手帳に記しゐるらし

一つ火に照らしてのぞく黄泉の坂闇の向かうの物影恋ほし

昨夜(きぞ)の酒残るからだにゆつくりと赤き薬罐の水を注ぎぬ

偏屈なぐい呑み

北窓のレースにくつきり影なして猫の形に生き物がゐる

青と黄のポスト・イットが散らばつてどうにもならぬ記憶の断片

わが脳の指令によりて指先は半身麻酔の部位を探れり

死んでゐるのかも知れない　帰り来て鏡の前に水を飲みたり

考へてゐるにはあらず偏屈なぐい呑み一つてのひらに在り

紙幣には何ゆゑ顔を刷りたるや髭なき、髭ある人間の顔

蜘蛛よ蜘蛛今の暮らしは愉しいか姿見せてもいいんぢやないか

退院の日を言ふ君の電話の声辛くも命をもらひたりしと

直立猿人

ポケットの指はまさぐる知恵の輪の絡まるやうな三つの鍵を

ダンベルを重石となして一晩のワープロ反古を床に重ねぬ

鳥の声真似て鳴く猫　猫なれば猫の言葉を越ゆることなく

ゆく春のいかなる花の精ならむ人に遅れてくしやみが奔る

きりきりとわが粘膜に触(さや)り来る季節の穂先、文明の棘

根の張りし土を崩して引き倒す檜葉(ひば)に十年の時間がありぬ

食卓のポットの陰にほほゑみて神のいませば目を瞑りたり

竈の火、矢の火、花の火、煙草の火、遠く歩み来し直立猿人

手ぬぐひを絞る手順を覚えたるあの日のごとく絞る手ぬぐひ

あやまたず咲きはじめたる花の木をうしろへうしろへ自転車を漕ぐ

睡魔

すこしづつ睡魔とまぐはひゆくならむ机上に楽しき夢を見てゐる

食卓に冬の日射せり性格のかく異なりてあねといもうと

撮られしは十日ほど前　動脈の蛇行をわれの血が流れゐる

重ねゆく秋の記憶の遠近に茫々としてフランソワーズ・アルディ

倒れれば楽になるよと声のしてだらり明日へ時間はつづく

「日本精神叢書二十六」に記されある〈昭和十二年六月一日文部省氏寄贈〉

ただひとつホームの露台に売れ残る苺大福を近づきて見つ

この年の悔しきことも酔ひの中ともに倒れし自転車起こす

布袋の袋

贋物（にせもの）とまがひ物との差を問ふに主（あるじ）は布袋（ほてい）の袋を撫でぬ

人ひとり突き飛ばされしホームにてわれ押し飛ばすわれを思へる

口中（こうちゅう）も左半分麻痺なれば舌を使はず粥を食ふといふ

敷島の日本人論その中にしつぽり濡れてわれと秋萩

海中（わたなか）ゆ陸（くが）に上がりて月見しは二億年前のこんな宵なり

眠りより目覚めしわれは水欲（ほ）りて記憶の陰の小路（こうぢ）に入りぬ

午後五時の光（かげ）は戸口にいさよへりぬくめの燗を口に含めば

偶然の重なりなれど禍事（まがごと）はかく襲ひきて容赦あらざる

どことなく電話の声が明るいと受話器の向かうに声を弾ます

にほひ良きは愉しむためのものならず嗅覚失すれば命あやふし

戦争がまたあることを疑はぬ若きらと飲む葡萄の美酒よ

民営の民（ミン）はいかなる民（たみ）ならむ居酒屋〈和民（わたみ）〉のおじやが煮えた

指先にざらり乾きしセメダイン戦艦大和いづこゆきたる

しまつたと口から声の放たれてしまつたしまつたもう帰れない

お風呂場で大声出すなと叫びをり階駆け下りて妻と三毛猫

この街を太平洋が覆ふまでしばし時あり煙草を吸はむ

Ⅲ

無伴奏組曲

この楓夜鳴く木なり門灯にきのふのごとく鍵探す　秋

霧雨をよぎり来し身は樟脳のにほひとともにジャケットを脱ぐ

息止めて針を下ろしぬ遠き日のざわめき甦（かへ）る黒き円盤（レコード）

食卓に朝の日は射しそれぞれの色の髪持つこどもと大人

貰ひたる栗をほじくる銀の匙縄文家族しばらく黙す

芋の葉とブロック塀に圧されつつ黒き径あり風通ふ見ゆ

わが腕の時計の針か　蛍火が意志もつごとく闇を切り裂く

平和説く透谷の文勁(つよ)く美(は)し百年越えて百年を待つ

チェロ抱へ横たふわれをふるはせて地より湧き来る無伴奏組曲

そよやそよ風邪引きさんに飲ませむと卵の黄身を酒に落としぬ

石の街

石段をのぼりて雲に近づけば暗く平らに中世の海

乾きたる膚(はだへ)さすりぬ　ミカエルが高きに剣をかざしたる見ゆ

中庭を囲む柱をめぐりゆく風を聴きしや巡礼の果て

尖塔を目指して歩む石の街　角を曲がればそこより魔界

聖堂の内なる天を見上げたる維新の志士を思ひてゐたり

戦ひの記憶は深く蔵（しま）はれて麗しき砦を城（シャトー）と呼びぬ

言語いくつ交差し合へる夜の機内国際語にて赤子が泣く、泣く

廃墟には春のひかりが充ち満てり獅子と戦ふ勇士がありき

ギリシャからローマへ至る神々を識らねど大きドームに圧さる

自づから口が開きて唸りたり丸天井の壁画を追ひて

民族の紆余曲折に囲まれて地中海とはいかなる光

かさかさとなりたる髪か中世の広場に立てば咳一つ出づ

につぽんに出張中と告げられぬ受胎告知に会ふことのなし

透明袋

高き塔建てむと掘られし穴の底人ひとりゐてわれに手を振る

ゆつくりと冷静に、ほら、ひとつづつ遠き記憶をたどりてゆかな

都市の灯の数限りなく瞬くを窓に見てゐつ鳥の目となり

神坐（ま）さぬ杜（もり）をめぐりてひとすぢの銀河は流る海在る方へ

見下ろしに開く夜景の中にをり滅びの後も時は流るや

旋律は風に吹かれてただよふを響かふこゑはよろこびの歌

透明な袋に分かつ　にんげんが採りて棄てたる樹木と石油

吊り革に吊られて帰るわが影は都県境（とけんざかひ）を今越ゆるらし

掌（て）の中にどんぐりふたつ遊ばせていつもの坂をのぼりゆくなり

文学の終はりに終はりはないのだと海鮮ピザを八つに分かつ

一陽来復

地の上に降り来るものを人は待ち欅の枝に灯を点したり

銃取らず鎌を持たざり　高層の階に見下ろす歳晩の街

親指と二本の指が記憶するサントリー「角」の亀甲文カット

新所沢（しんとこ）を過ぎてやや浮く夜の車両秩父颪の中を行くらし

岬には雪積もりゐむ真裸の生牡蠣するりとわが口に入る

寄るべなき思ひにひらく枕絵の火鉢に赤く炭は燃えをり

午後の日のたちまち翳り川寒しきのふのままに佇てる白鷺

緑なす髪をゆうらり靡かせて水はさびしき音に過ぎゆく

そよぐ草ふるへる枝を見てゐたり地べたに尻を降ろしてわれは

日もすがら茂吉の「萌え」を数へつつ山となりたる落花生の殻

ひと頃の流行語（はやりことば）でありにしを死に体、生きざま、まだまだ死ねぬ

笑ひぐせそれぞれありて元旦のテレビの前にお茶をいただく

新しき年のはじめに賜りし君が病の歌に打たるる

一年の計を立てむとお炬燵（こた）にてみかん剝きゐしかの日のダルマ

お隣に越して来ますと女男（めを）と二子（にし）正月四日の風を背に立つ

過去世後世（ごせ）あるはずもなしふるさとを心にもちて歌うたはむか

琺瑯の鍋にココアを温めつつその扉より出でて行きしか

ここにありて銀杏大樹を見上げをり冬の星座のつと動くまで

海と壺

降り立ちし土佐の中村　駅頭に雨傘差せるひとりが動く

黒木和雄「祭りの準備」の町なれば路地を巡りて居酒屋に入る

堤防に大海原を隔てつつ眼下の町は昼をねむれる

そのむかし君の生れたるわたつみを見てをり風に攫はれながら

川が海に出合ふところに人は棲み幾世経にけむ犬の声する

いづかたに流れてゐるやゆく春の四万十川に浮く屋形船

河の神怒れる時をわが知らず沈下橋とふ真裸の橋

真二つに割れてとろとろ溢れくる木の実の汁を舌に味はふ

あなにやし　水辺の葦に風そよぎ女男（めを）のはじめのことばと言葉

幹深く海の時間を刻みたる松を想ひて眠らむとする

*

國吉清尚展三首

黒光る「胴体壺」に乳ふたつまこと豊けく張り出づるかも

頭（づ）を載するものにあるらしゆるやかな曲面なせる陶の枕は

脳（ナウ）ならず心（シン）にあらざり土塊（つちくれ）の「世紀末の卵」に亀裂奔れり

空堀川

なかぞらにぴんと張つたる一本の綱あるごとし朝を出づれば

起てと言ひ走れと言はれ佇ちてゐし遠き記憶をわたりゆく橋

山茶花に風の吹くなりこの土地が海たりし日のゆふべのごとく

靴下の臭ひを嗅ぎに来る猫にただいまを言ふ人間われは

ラムネならぬコロナビールの喇叭飲み消えぬ思ひも透き通るべし

年に一度見舞ふをわれのつとめとし空堀川の石を見てゐつ

階段のそこのみ軋むに気付きしはいつならむひとりごちつつ昇る

型通りの人間嫌ひを信条に生きし一世（ひとよ）か恙（つつが）なかりき

自転車より落ちて創（つく）りし額（ぬか）の瘤摩（さす）ればたのし昔の恋は

春の形見

騙（だま）されてたまるものかと見上げをりライトアップの桜さくらよ

西域に風立ちぬらし　まなぶたを閉ぢても痛しわれの眼は

いつせいに水木の白き花揺るる午後の街路に犬、人を見ず

見下ろせる都の春の花盛り花咲く場所は墓あるところ

夜の雨に濡れてつめたき光もつ一樹の肌に手を触れむとす

六十歳(ろくじふ)に至らず逝きぬ　蓬髪と太き眉根のやさしかりにき

へそ曲がりの臍の形を想ひゐる酒亭(バー)の止り木一本の脚

二歩、三歩退き覗くファインダー桜の下に人影あらず

何もなき春の形見に不破の関、白河の関を地図に越えたり

血圧は正直なれば折れ線のグラフに日々のこころが動く

たましひの冷ゆるたそがれ缶蹴りの缶蹴る音の遠くひびける

出鱈目も大概にしろと怒鳴りたるある日の父の怒りを思へ

さうではないさうではないと呟きて枝豆食らひビールを注ぐ

みぞぶた

梅園(うめぞの)の紅梅白梅めぐりゆく風は鋭き声をともなふ

地を這へるものにあらねど夜の底に水の匂ひを恋ひてゐるなり

スチールのみぞぶたの上を走るたび尻は笑へりサドルの上に

このままでいいよとささやく声のして里芋畑の傍らをゆく

ペットボトルの底にうごめくぶよぶよは二十日を経たる水より生れき

勝ち負けはさもあらばあれ雀すずめてつぺんかけたか米食らひしか

死の前の君のメールを留めゐしフォルダーひとつ視野より消しぬ

時計屋の鏡に映る掛け時計見あげて鏡の中に立ちたり

北円堂

まなじりの下より頬のふくらみて白鳳仏はしづかにわらふ

仏頭と呼ばるるまでの歳月をまなこ刻まぬ目にとどめけむ

六本の細き腕(かひな)をひらきつつ阿修羅は何に怯えたりしか

阿形とは口を開きて怒ること金剛力士の裾を吹く風

腕を組み太腿によつきり突つ立てる鬼のパンツを飽かず見てをり

人絶えし時の間われのこゑ聞こゆ北円堂は降る雨の中

見るために眼はありて見据ゑをり木より生れたる無着菩薩像

息の緒(を)にパソコン震ふ傍らに少しうすめの珈琲を飲む

昨夜(よべ)触れし青銅の壺　二羽三羽鴉が叫び地の上をゆく

遠き世に人の建てたる墓標なれ塔は照らされ闇に浮き立つ

春日野を朝来(あした)たればまだ開(あ)かぬ茶店の前に鹿二頭伏す

憧れをもちて向かひし日もありぬ日光月光菩薩のおゆび

射す光(かげ)の中を過ぎゆく細き雨銀杏もみぢの下をゆく道

紅と黄を愉しむわれをよろこびて若草山の麓をたどる

改源のど飴

綿ぼこり指につまみて紙に置く嘘の効用を耳に聞きつつ

西の方(かた)雲より出でて雲に入る日輪さびし窓に見てゐつ

ゆつくりと鉄のアームを手に回し尖らせる芯、書くための芯

ほどかれて羊の雲に浮かぶ身は大き欠伸をひとつなしたり

物に寄り心に到る言葉あれよ二匹の鱏(えひ)が泳ぐ水槽

おほかたは予想の内と記し置く過ぎし時間は疾(と)く去らしめよ

どのへんを歩いてゐるか知らないがあの木のあたり川があるはず

北西の風が靡かす赤き旗ひとは河原に何かを売れり

木の橋をとつとつとと踏み鳴らし駆け始めたりわがぼろ靴は

いく日を書きなづみゐし返し文まづ爽快な朝ですね、と打つ

ひとつづつ忘れてゆくを愉しまむ嚙んではならぬ改源のど飴

ぽつかりと言葉絶えれば大きなるふろふき大根分けあひて食ふ

半島の空の青さよ夏みかん二つ入りたる箱が届きぬ

マメとタコ

古き地図広げゆくとき卓上にこぼれ落ちたり土佐の真砂は

鳥鳴けば鳥の声音を真似しつつカーテン越しに枝を見てゐつ

いづくにか置き忘れたる少年期身体（からだ）ただよふ　発表日前

三十年隔てて交はすピンポン談義かの白球が色放つまで

もういいよ、言はれて開く両の目にいくつ過（よぎ）りぬわが影法師

赤茶けた畳に臥して燗酒の身に沁むからだ風と戯る

隙間より覗けば辻に神ふたり大き夕陽に真向かひて佇つ

仏蘭西人レガメが記せし海山の夜の震へを聞くごとくゐる

黒船のいまだ来ぬ朝手を合はせ海に向き立つ爺と子どもは

わたつみは春の祝祭くろぐろと川のぼりゆく龍の渦潮

幼子をバギーに乗せて連れて来し海の時間の還ることなし

あの夏のサザンの曲は何なりし海岸通りの帽子屋を過ぐ

コンタクト外すを見れば人体の内部晒して眼球はあり

日ン玉を二つそなふる人間が交差してゆくこのゆふまぐれ

憲法に触れて講義を終へしのち水中歩行のやうな手と足

やや重きスタッカートを聴きながら大和の歌を文字に追ひゆく

＊

また逢ふを約す言葉を重ねつつ歳月は人を優しくさせる

マメとタコわがふたつ持ち愉しけれ春の草生をそろり参らう

朝の儀式

剃りあとにうつすら惨む血を拭ひ朝の儀式をひとつ終へたり

今世紀はじまりてよりゆつくりと受話器に電話を切りしことなし

からつぽの宇宙のまなか星と星繫ぎて神のさびしさにゐる

崩落はある夜静かにはじまれり言葉ひとつを先触れとして

深々と息をするらし月読(つくよみ)の光に開くわたつみの腕

憧れは一房の葡萄　青年の舳先(へさき)にけぶりし西海岸(ウエストコースト)

空と海の境をわれら見てをりぬ蒼き時間の傾けるまで

楕円なす地球の面(おもて)ゆつくりと白きポールは倒れゆきたり

盛り上がり寄り来る波に乗りながら人間一人水に立ちたり

海上に昼の半月　渚には消ゆる足あと　潮満ちぬらし

*

地球時間にめぐる宇宙よ惑星のひとつ消えしを誰に伝へむ

なかぞらに戦げる葦を見てゐしか夢より覚めて雲に漂ふ

水のうへ光残れる夏の暮れまだ見ぬ星の友をよばうよ

あとがき

二〇〇三年春から二〇〇七年夏頃までに作った短歌から四百十余首を選んで一冊とした。『斧と勾玉』に続く第四歌集で、五十歳前後の時間の流れを背景とする。『夾竹桃と葱坊主』は、タイトルを思案しながら玄関を出たところ、一本の夾竹桃の紅い花が目にとまり、また道路を隔てた畑に、坊主となりはじめた葱が四列並んでいるのが見え、これだと思って題とした。夾竹桃は、以前作った試みの長歌一首を載せたが、葱坊主の歌はまだない。日頃目にしていながら、歌を作るとなると、どちらもなかなかむずかしい。もちろん、それは夾竹桃と葱坊主にかぎったことではない。肩の力をすこし抜きながら、しかしどこかに芯の通った歌をつくりたいと思う。

昨年、所属する「音短歌会」が創刊二十五周年を迎えた。「音叢書」として四冊の歌集を出すことが出来た。一緒に歩んで来た方々に改めて御礼申し上げたい。また本集を作るにあたっては、六花書林の宇田川寛之氏に励ましとお世話をいただいた。ありがとうございました。

二〇〇八年九月

内藤　明

歌集　虚空の橋

（全篇）

春日断章

静かなる海の面の霞みつつヒマラヤ杉を越ゆる月影

雲に寝て宙をただよふうつしみは何か愉しき夢を見てゐき

彼方より長鳴き鳥のこゑすなり地震（なゐ）に目覚めしあかときの闇

ひとこゑに呼び合ふ鴉、ふたこゑに遠吠ゆる犬、人語いまだし

小（ち）さく堅きいのち芽吹ける枝先に天の雫の光が凝る

灯の下に開きて覗く紙袋何もなければ息を吐き込む

まだ暗き沼の面を見てゐしが鳥鳴く方に歩みはじめつ

二〇一二年年三月二十日、石巻。

丈低き葭の戦ぐを見てゐたり津波奔りし川岸に立ち

耳鳴りの音高まりぬ襲ひ来る水の力を思ひみがたし

ここに在りてここに今なき家の跡風に凍えて冴ゆる眼は

その日まで車でありしかたまりがどこまでもどこまでも積まれてゐたり

人影が車輛の中に見えるから夜中はここを通らぬといふ

日の落ちて光残れる窓のそと代行バスにわれら黙せり

ある日。

剃刀の刃を面（つら）に当て髭を剃るかかる習ひを疑はざりき

遠き日の記憶にも似て武蔵野の林に沈む日輪を見つ

睦言を交はしゐるらし小暗きに動くものあり父母の家

鍛くちやの拳を聞きたらちねはキスチョコ一つわれに呉れたり

フエルトのアルバム閉ぢぬ幾年月心通はすことなくて過ぐ

兵たりし日を語らざるちちのみの父の戦後の影を追ひしか

何十年鳴くことなかりし鳩時計錘(おもり)の鉄の冷たきに触る

三月二十八日、慶州。

海越えて新羅に来たる倭(わ)の人らいかにか見けむこの岡の松

赤、青、緑、色鮮やかな山門に琵琶掻き鳴らす持国天王

右の手に小さき龍を握りしめ広目天王静かに笑ふ

低く釣るこの梵鐘はゆふぐれに地を震はせて鳴りいづるとふ

帰り来し者のごとくに韓国（からくに）の田の畦道を歩みゆくなり

反りをもつ屋根の重なる家並みの向かうの丘に日は沈みゆく

四月一日、武川忠一逝去。九十二歳。

諏訪人の身罷（みまか）りし朝東京にソメヰヨシノは開かむとする

幽明を分かつ川とは思はねどさざなみなして流れゆく水

目をほそめ見てゐる翁もありぬべし地よりわきたつ石神井の桜

家に居て家に帰ると言ひしとぞ帰りゆく家、ふるさとの家

よみがへる言葉の破片ぽつぽつと馬酔木の白き花房揺るる

また、日々。

いちしろく花は姿をあらはしぬ嵐過ぎたる池のめぐりに

道に逢ふ人は語れり繁りあふ高き木の影、若き日の恋

まぼろしの過（よぎ）りゆくらし病院のベッドに母は宙を指さす

病む人を車に乗せて移しゆく八重桜咲く多摩の横山

いづくより汝れは来たりぬ道の辺に羊一頭草を食みをり

内深く残る匂ひを嗅ぐごとし赤き柄（え）をもつ鉄のスコップ

四月二十八日、高田馬場のバー「異邦人」閉店。

小窓より見おろす路地は雨に濡れ水銀灯の光を反す

幾十年消されずありし落書きとともに朽ちむか路地裏酒場

尖りたる氷を指で沈めをりオモテニデロといふ奴もなく

椅子一ついただいて来ぬあやふかる止まり木なりし円き腰掛け

心はもいづくただよふぬばたまの夜を起き出でて青竹を踏む

薄皮の向からうにありて笑ひゐる思ひ出せない忘れ物ひとつ

ハクビシン

横雲に入り日の射して梅雨の間をしばし明るむビルも樹木も

待ち時間あれば入りたるブックオフ山川方夫（やまかはまさを）の文庫を買へり

字を書きしことはなけれどそのむかし伝言板が駅舎にありぬ

拾ひたる言葉一つに執しゆく退路を断つと言ふにあらねど

道のうへに蜂の巣置かれ二、三十散らばつてゐる蜂の亡骸

花の下逝きたる人の面影のいくつ重なり水の上ゆく

差ぢらひを含むと言はれこころもちゑまひたまへり遺影の人は

そのこゑの身のうち深く遺れるを鎮めてひとり蕎麦を啜れり

抜かれたる奥歯のありし空間を舌に確かめ寝につかむとす

病む者を一人残して帰りゆく丘の道より街の灯の見ゆ

おもむろに受話器は伝ふ垂乳根(たらちね)は物をつまらせ身罷りしとぞ

大いなる力によりてこの夜を廊下の奥に眠らされをり

くらやみにやや恨みたる顔なりき霊安室を出でて思へり

きのふ母が淀みなき口調に喋りゐし病棟三階に行くこともなし

ふた月の彷徨ののち一枚の浴衣を着けて帰り来たりぬ

動いたと誰かが言へば羅の下の胸のあたりがつと動きたり

幾億の細胞静かに死にゆくか光の中をいのちうつろふ

百合の香のよどむ夜明けに風のごと聞こえ来るなり父の嗚咽の

穴子寿司、茄子の煮物を食べながら明日の仕事を考へてゐる

召されしと人はいふなり召されたる遠き御国（みくに）に花咲きゐむか

罪なべて赦したまへる神ありやオルガンの音に震へる花弁

いづかたに向かふ道行き御柩の扉を閉ざしわがまなこ閉づ

そこにある死に引かれゆくゆふまぐれ路上に赤き雲を見てゐつ

淡々と日々は過ぎゆき人居らぬ家にわが来て靴下を脱ぐ

ポツポツと増ゆる空き家に棲むといふハクビシンとはいかなる物の怪

雨戸鎖（さ）し門灯消せば闇深しまたしばらくを廃屋ならむ

確執はいづくにもある家出でて関はりうすく過ぎし歳月

亡き者に伝ふるすべのあらざれば夜を責めをり愛のごとくに

整然と鉄路に向きて午後五時の西日を浴ぶる自転車の列

ほうたるを探しにゆきしたらちねを現つの夢に見ることもなし

いきどほり砂に吸はれてゆくやうな夜更け生(き)で飲む琉球の酒

列島の秋

夜半の雨　霽(は)れて開けゆく秋の空祝祭の日が彼方にありぬ

つつましくまた派手やかに並びゐき東京五輪の赤きブレザー

少しづつ記憶ずれゆくクラス会少年少女の声が飛び交ひ

白黒のテレビ画面に顔を寄せ水平線をひとり見てゐき

ドン・ガバチョロ髭白くなりにけむへうたん島はいづこ漂ふ

人住まぬ南の小島常永遠（とことは）に領（うしは）く者をなからしむべし

腹一杯ガソリン飲みたる水色のアメ車が行けり第一京浜

アレグロは速さの指標にあらざると今に言はれて何としようぞ

ちよいと呼ばれ振り向きざまに駆け抜けぬ由緒正しき日本の雑種

仇（かたき）討ち誓ふ芝居の席にをり航空ショーの爆音を避け

ご存知と言はれて探す鈴ヶ森われの生まれし隣町とぞ

型通り入れねば蓋の閉まらざる積木の箱はいづこにゆきし

木枯はいまだ吹かねど今年またおでんが始まり風邪引く誰か

中年の背びれそれぞれ丸めつつ並びゐるなり横町の呑み屋

鱏鰭（えひひれ）は歯にこたへると言ひながら粋な話の続きを聞けり

厨房の椅子に腰掛け店主（マスター）は夕刊フジを一枚めくる

職やめて悠々自適と聞きゐしが三月を経ずに逝きたりといふ

透明な傘を傾け歩みゆくフクシマ以後を生きゐてわれら

妻は脳われは心臓止まるとき臓器、眼（まなこ）を提供すべし

賜りし家庭菜園の大根を両手に提げて入間野を行く

甘咬みといふを覚えし家猫をいたぶりてをりゆゑよしもなく

海辺（かいへん）に棲みし記憶をさかのぼり岬の白き灯台に来つ

子は龍をわれはアニメの爪をあげともども聴きしわたつみの息

あの雲は海を越え行く雲ならむ眼つむればあふるる光

留学生李（イ）さん李（リー）君李（イー）先生海をめぐりてことばを交はす

新しき塔（タワー）を厭ひこの秋は泥鰌を食ひにゆくこともなし

韓君と李君と囲む土手鍋に揺れはじめたり牡蠣も豆腐も

望郷の方位をさがすゆふまぐれ寒くはあらず言葉もつゆゑ

ブリッジ

木の椅子となりて芝生にひねもすを黙（もだ）してあらば楽しかるべし

飴色のチェロのケースを抱へゐるむかひの人の小指が動く

あの日より耳の奥所（おくど）に鳴り続く振動音をいかにわがせむ

聞き耳を立ててゐるらしガラス戸に猫の尻尾がしばし映れる

こころざし撓められゆく日の暮れの窓に浮き来る遠き稜線

人類の地に在る時間短かきを今年のもみぢの遅きを言へり

記憶力衰へたるはいつよりか記憶たどれど記憶のあらず

地図帳にひらかれてゐる水色に経(ケイ)と緯(ヰ)と呼ぶ線の走れる

韓国(からくに)に渡りて対馬に果てにける遣新羅大使阿倍継麻呂(あべのつぎまろ)

月読みの光照らせるわたつみに漕ぎ出だしけむ声掛けあひて

滅亡はさもあらばあれじんわりと体(たい)に沁みゆく江戸の地酒は

家にてもたゆたふ命と歌詠みし旅の男を思ひてねむる

朝に飲むコップの水のうまきこと今飲むごとく話す父はも

死は生の続きにあれば怖くなしと穏(おだ)しき声に言ひたまふなり

期日前投票せむと出掛けたり車椅子から車に乗りて

原発を次の世代に残さじと戦後の果てに思ひたちしか

大きなる耳を持つかなわが父は生姜紅茶をゆつくりと飲む

人ひとり逢ふこともなく歩みゆく老人ホームの夜の回廊

この朝(あした)何となけれど手鏡を使ひて見たりわが後ろ髪

湿りたる畳の上に冬の日は深く入り来て日溜りをなす

行かざりし寄席の切符の挟まるる手帳を開く朝の電車に

心(シン)に塗る薬あらぬかてのひらを押し当ててゐるこころのあたり

寛容か無節操かと考へてゐるうちわれは眠りたるらし

取られたる上下の歯型がテーブルに並び置かれて笑ふやうなり

今はなき二本の間にうちわたす銀の歯列をブリッジと呼ぶ

黙契といふにあらねど果たすべきことあるごとく過ぎむ月日か

Vサインしてゐる子らの写真出づ二十世紀の末つ方なる

神の業ならねばすこし痛ましき待合室の犬系統図

パソコンの奥にひつそり蔵(しま)はれて消さるるを待つ今年の日記

かたはらの地中にならぶ大根の白きを思ひ夜の道を行く

春の混沌

裸木の梢(うれ)から梢へ泳ぎゆく小鳥を追ひて視線はあそぶ

勇魚(いさな)取り海を見し日はいつなるや枝払はれし公孫樹の巨木

列島の春の地べたに耳を当てかすかに軋む音を聞きをり

直(す)ぐ立ちて二本の足で歩くまでの長き時間を人は生き継ぐ

はじめに言葉ありき　葦牙(あしかび)の萌えあがるもの、焼き尽くすもの

前厄の年回りとぞ神の憑る欅のもとに立て札を読む

蹴飛ばししアルミの缶を手に取りて置き直したりベンチの上に

少し違ふ何かが違ふとおもひつつ宵の集ひの大方も過ぐ

ポケットにトリスの小瓶しのばせて副都心線に目を瞑りをり

クロゼットの奥に縛られ二十年人の姿を映さぬ鏡

手習ひの反故解きゆけば一枚の絵付けの皿によみがへる赤

後生だから放つておいてくださいと夢にわたしは泣き叫びをり

恥（やさ）しさは嫌悪となりて疼きくる凡帳面なるノートの細字

右腕がよぢれて内にもぐりたる黒きコートが吊されてあり

亡き人のSuicaで買ひしコンビニのおでんの卵を分けあひて食ふ

自転車のスタンドの音を聞き分くる耳を持ちたり猫と家族は

瘡蓋(かさぶた)の生乾きなる膝小僧うでに抱へて遙かなる夏

老年にさしかかるとや日の暮れを香箱(かうばこ)座りに眠る姉猫

寝台の上なるものを投げ出して臥所(ふしど)を作る今を寝るため

新聞を配るバイクの音を聞き入眠剤を服みに起き立つ

銀平と魔界に這入るゆふまぐれ路上にわれの影を追ひつつ

若き日の孤りに遠く目を閉ぢて地下室に聞くマイルス・ディビス

記憶裡に置き去りにせし悔しみが肩の辺りを掠めゆきたり

身罷りし人と来たりて川べりの桜を見上ぐ今年のさくら

海越えて舞ひ来る砂か風迅き桜の下に車座となる

帰るべきふるさともたぬ寒き身は古き調べに酔ひて歌へり

方舟とカロート

夢にしてゆふべの川を渡りしが声に濡れたり現(うつ)つなるらし

よろこびは地の上の影　北極星(ポラリス)をめぐりて永遠(とは)に星座はうごく

うつし身のくらやみ深く蔵はれて百合の香りと汗の匂ひと

集ひては散りゆくわれら帰る地を持たざる者に幸ひよあれ

再と続の違ひを今は問ふなかれ子羊もゐる葡萄酒もある

封筒を開ければ紙の人形（ひとがた）が出できて息を吹きかけよとぞ

二〇一三年五月五日、父死去。九十三歳十一ヶ月。

生と死に界（さかひ）のあらば教へてよ窓より射せる朝（あした）の光

帝国の兵たりし日をこの柔き手に銃床を握りしめしか

ホームより帰りし父は六畳の真中に臥してただに黙せり

召されゆく天にて逢はば目をほそめまづは聞きゐむ母の繰り言

死者として午後をねむれる傍らに牧師の大き影の立ち添ふ

母殺しまた父殺し忘れたきこゝろもことばも闇の中なる

父在りし日に。

ひとつづつ手順整へベッドより人は一気に起きあがりたり

幾たびも時と所をわれに問ふ命ただよふ方舟の中

馴染みなる床屋に連れて行けといふ親父（おやぢ）を宥め叱られてゐる

唐突に語る言葉の聞き取れずキリストのこと親鸞のこと

ピアノ曲かけてそのまま眠りしか低き寝息をしばらく聞けり

今年は空梅雨らしい。

風薫る青空文庫にめくりゆく倫理学者の偶像再興

懐かしくなりゆくものか人棲まぬ家にこもれる時間の淀み

古ダンスの鏡に向けど壮年の父の姿を思ひ出せない

二度三度敲いて開ける物置の引き戸の癖を手は覚えゐき

非常用ボトルの水を草に撒く人には賞味期限があれば

視野に入り視野より出づるひとひらは蝶にやあらむ深く目を閉づ

見ることは見られゐること液晶のマップにたどる今日の一日を

再見（ツアイジエン）と右手挙げしが沈黙の一瞬ありてその後の笑ひ

六月十六日、父の納骨。一年前のこの日、母が死んだ。八十五歳二ヶ月。

六月の木の葉を過り日のひかり納骨棺にしばし溜まれる

それぞれの名前を持ちて置かれをり土に還れぬ骨壺の骨

銃の後に来べき世界を信じゐし時代をいつしか戦後と讃ふ

人ひとり隠し石蓋は戻されぬカロートといふ空洞の上

手に持てるなにものもなしさだ過ぎてモラトリアムを解かれてあそぶ

三熊野詣

風交じり水漬く平野を分けゆけるディーゼル列車は警笛鳴らし

志摩へ行く分岐点なり多岐(たき)といふ駅のホームに人影を見ず

春の日はあまねかりけり若き日にもとほり行きし安乗(あのり)への道

白雲と旅する一生を夢見しか岬の果てに空高かりき

三十余年過ぎてわが見る熊野灘沖ゆ顕ち来る何ものもなし

船上に朱き四基の鳥居立て海界越ゆる時を待ちしか

補陀落に行き着くまでの飢餓地獄目を閉ぢ頭を垂り思ひみるなし

遠き日の記憶の底に置かれゐし死海の水の盈つるガラス器

罪負へる少年われは畏れたり古き戸棚の天金の書

妣が国、父います天、忘却は日に夜に人を美しくする

山の間の海ある方に目を遣れば光を帯びて雨降り来たる

登り来て背の汗涼し権現と菩薩の間を吹き抜くる風

燈籠の方寸の内に那智の滝遠く閉ぢ込め写真に収む

流れ来し人の灯せる一つ火の揺れゐるごとし岬は暮れて

十九世紀われは知らぬをこもりくの牟婁(むろ)の郡(こほり)の伊作、熊楠

千年を歩くことなき梛(なぎ)の樹も朱塗りの社殿も雨に打たるる

遠きより砲声轟く新世紀「太平洋食堂」ここに建ちしか

ザック背に異国の男女歩み来る熊野古道を過る国道

再びを見ること無けむ蛇なせる川のほとりの風の男(を)の神

かんざしを狭庭に埋むる物語書きて五年(いつとせ)腹を切りにき

亡き人にまみゆる旅にあらねども雨音止めば百鳥(ももどり)のこゑ

田辺湾今宵晴れなば月光に新大陸を見放けむものを

熊楠の庭に群れゐる秋の蚊に貧しきわれの腕を差し出す

茸とはヘンなものなり草にあらず木にあらずして昔からゐる

偶然か予見か知らね森抜けて姫百合見ればうれしからまし

天と地を繋ぎ稲妻奔りたり怒りに遠くわが歩み来ぬ

夜の海を囲める山の稜線を雷光一閃くきやかに見す

太古からじんわり響く雷鳴の身に籠りゐて夜を鋭し

台風の去りたる朝の風迅し潮岬（しほのみさき）に草を立たしむ

言はるれば弧をなすものか目陰（まかげ）して海と空との界を見つむ

歳晩の客

夕暮れはいづこより来る大空をゆつくりうごく冬の綿雲

てのひらに判読不明の文字浮かぶむすんで開けば橡（とち）の実ひとつ

ひとりごとつぶやきながら寂しくもわたしを演じ今日の日ありぬ

怒りをばあはれに変ふる危ふさを夜のどこかで鳴く犬のこゑ

数知れぬ電波飛び交ふ道を行く秘密の紙をポケットに入れ

大正世代すがたを隠し水の辺（へ）に晒されてゐるむかばね、しかばね

面影はおぼろなれどもその声のよみがへり来て闇を裂きゆく

写真立てにやや色あせて三人子(みたりご)が子どもでありし日の顔がある

日に幾度わが溜息を聞きてゐむ妻は猫語でおやすみをいふ

歳晩の海に入りゆくあかき日を今年逝きにし人と見つむる

兄弟といふものあらば身まかりし親を招きて酒酌まましを

おそらくは写真が生みし記憶ならむ花の下なる一族の宴

愚かしく早も過ぎゆく五十代コートを脱げば背中が寒し

つかれたるわが声帯を震はせて古き言葉を誰に伝へむ

缶のふた、小石、松かさ、燐寸箱　机上に集ふ遠来の客

ＬＥＤの灯(ひ)は白うしてわれの舌千枚漬けのぬめりを味はふ

留学を終へて祖国に帰りゆく君とふたたび逢ふ日のあらめ

黒色のタイを結びてたづね来し五年(いつとせ)前の春の夕暮れ

李君と胡座(あぐら)をかきて食ひにける駒形泥鰌の葱の青さや

海界(うなさか)を一つに決むる愚かさを越えて漕ぎゆくわたつみの空

いつの間に雪となりしか霞む目は少しあかるむ街を見下ろす

駅員に遅延の文句をわめきゐるあの酔漢はわれにあらずや

バスタブに遊ばす左右の膝小僧しんじつ生きてきたのだらうか

おほよそは睦まじかりしちちははの孤独を思ふ夜半の水音

歌ふなよふるさと持たぬさびしさを列島は今軋む音する

きりぎしに追ひ詰めらるる夢なりき叫ばむ際をうつつに目覚む

愚かてふ貴き徳がありしとぞ江戸は見ゆるやそのタワーより

いまだ見ぬ朝の光を浴ぶるため暫し眠れ人も樹木も

二すぢの雲を作りてのぼりゆく機影を追ひて雲の中なる

草原の朝を遥かに駆ける夢駄馬も駿馬も軽やかに飛べ

北入曽の道

不老川(ふらう)夕べに来ればかそかなる音の過ぎゆく土手の草むら

茶畑の上なる深き空間にいくつ星座の瞬きはじむ

詩集『北入曽』にある井戸端園の前を日々通る。

死を越ゆる営みとして花咲くとこの道行きし吉野弘は

茶どころを愛しむごとく壮年を狭山に在りて静岡に死す

生殖によらず増えゆく生き物は何か仕掛けがあるはずである

残り時間限られたりと言ふ人と角の蕎麦屋に鴨南蛮(かもなん)を待つ

落書きの歌作らむと思ひしがこの頃見ない壁の落書き

二十年棲みたる町の大銀杏三度廻りて言葉をかけぬ

入間野の赤提灯にクハバラとクハハラさんが今宵酒飲む

どこからが神の領域三叉路に化け地蔵とふ祠の立てり

積もりたる気配に目覚め遠き日の雪の朝（あした）の記憶をたどる

町内のどこにも居らぬ雪だるま路傍の雪を両手に掬ふ

舗装路の雪を搔く音ひびき来て起きねばならぬ日曜の朝

雪搔きの出来映え互みに評し合ふ路上に見知らぬご近所の人

たましひをしばらく抜かれわが腕は窓のむかうに降る雪を抱く

くねり行く道に沿ひ立つ家並みを過ぎて左右に雪置く畑

ひとつこと言ふべき時を失ひぬ黙しゆかむか黙して終へむ

灯の下にときどき顔を見合はせて風の音聞く猫と子どもと

雪の上に雪積む小径を歩み来ぬ裂けし一樹の立つところまで

鶴と鹿ひとつとなりてすくと立つ鋳物がありぬ記憶の淵に

おほかたは誤解なれども核心は突いてゐるゆゑ弁明はせず

安らかに死ぬるをもちて最上の生とすべしと誰(た)が言葉なる

正と清の違ひは如何にゴチックの粛清の字をしばし見てをり

雪のため二日遅れて届きたる雑誌に読めり亡き人の歌

むかうずね、脹ら脛(ふくらはぎ)とぞ人間の体を支へ前に歩ます

戦争は欧州にありて影うごく大正四年漱石の庭

花のあとさき

インドシナと名付けたのはフランス人だらうか。

長からぬ旅の終りは中庭に南の国の満月を見る

石の寺森の廃墟となるまでの時間を見しはつい三日前

毀たれし石材の上にあやふくも門の形の石柱ありき

民族の興亡刻むレリーフを収めしカメラ　電池切れなる

おぼろなる記憶の中に動かざり柵のむかうのT54戦車

タンソニュット　聞き覚えある空港にホー小父さんの写真を探す

いくつもの界（さかひ）を越えて飛び行くや雲海のうへ漂ひながら

あめつちのはじめならねどあかつきに女男（めを）の言問ふ声徹り来る

芝山ゆ吹き来る風かターミナル出づれば寒き弥生の朝

帰り来ていよいよ遠しサイゴンと呼ばれし街も時代も人も

巻き貝の中に足より吸はれゆく夢でありしか夢にてありき

閂（かんぬき）を鎖すべき門はなけれども畳にあそぶ猫とわたしと

リスの糞に混じれる豆を挽きしとふ珈琲を淹れさて、何をせむ

借財を返せるごとくひとつづつもがれてゆくを楽しむごとし

人の背とさくらを写すタブレット位置と時間を記録しながら

川の空覆へる花を返り見て面影橋から都電に乗りぬ

やはらかきものを包みしてのひらに真水を掬ひ額を浸す

遠き日の夢を叶へて週四日町にてバスを運転するとふ

ドアノブを回せるやうになりたれば幾度ともなく開け放し行く

本、茶碗、ＰＣ片付け卓上に紙一枚の空き地を作る

復習(おさらひ)は手の疲るるを限りとし行雲流水また南山之壽

わたつみの鷗を見むと東京の地底遙かに運ばれてゆく

桜散る角を曲がりてわが影はバー異邦人の跡地に伸ぶる

T字路の接点に立ち見あげたりミラー二枚の作る角度を

花冷えはほんに気寒きものなればありがたしこの熱き徳利

むな手にて熊に向き合ふ小兎のぴんと立ちたる両耳の見ゆ

終(つひ)の日は自ら決むるものなりと一人思へり鍋を突(つつ)きて

人間の歴史に希有なるひとときを戦後と呼びて守り来たりぬ

誰を恋ひ眠れぬ夜かわが生れし暗闇坂に風の吹きゐむ

等身大の影をともなひ蟻一匹乾く地面を右往左往す

雷(ライ)に裂け雪(セツ)に折れたる神の木が横たはりをり日を浴びながら

野を越ゆる風と思へり中年の半ばを過ぎて自転車を漕ぐ

約束の地

綿雲を抱(いだ)き懐(いだ)かれゆうらりとまひるの闇に眠るともなし

樹の下に避(よ)くれど寒き天(あま)つ水ヒトヨダケてふ茸を想ふ

さびしきはわが先をゆく草の風庭をめぐりて水辺(すいへん)に出づ

不吉なる言葉忌むべし本厄の年にしあればまづ手を洗ふ

苦き汁口いつぱいに溜めながら舌を尖らせまた嘗め始む

道端に白き花揺れどこよりか別れを告ぐる声の降り来る

手のうちに包むぬくもり半世紀前に逃げたる背黄青鸚哥(セキセイインコ)

父が亡くなつて一年になる。

この朝(あした)舌は異変を感じをり奥歯の奥に触るるものあり

歯の根つこ割れてゐるゆゑ遠からず抜くしかないと先生はいふ

囲はれし穴を視線はひとまはり古代に水の湧き出(で)しところ

濁りたる川が水位を上げながら住宅街をうねりてゆけり

ちちははの齢（よはひ）を越ゆることあらじ艶めくマウスに指先を置く

渡り来し神の御国を故郷とし二十世紀を生き継ぎし祖（おや）

銃弾を浴びたる兵は讃美歌を口ずさみつつ水欲りしとふ

一九四五年三月、叔父健児、宮崎県都城（みやこのじやう）にて戦死。二十三歳。

若葉かがやく季節を過ぎて曇天にうごくことなし銀杏の並木

ぽつねんと紫陽花ひらく　遠き日の小学校の色覚検査

運転席の後ろの窓に背伸びして飽くこともなくレールを追ひき

アトムからゴジラへ至る戦後史の記憶に沈むかふるさと東京

科学の子は空を飛んだ。

人を殺め逃げゆく夢にしばしばを目覚めたりしは何時のことなる

傍らにロボットのゐてわが思ひわれに伝ふる時来たるべし

リーフパイの上を歩める日々なりと書きて送らむ友もあらぬか

大いなる思ひ違ひのまま過ぐる月日も人もアルバムの中

海辺の町から引っ越してきたのは一九九三年の寒い夏だつた。

かつて田のありし所か水たまり幾つを越えて帰り行く家

水を引く争ひ絶えねば畑となし芋と野菜を植ゑしと伝ふ

真北より入りて四段、玄関と呼ぶには狭き三和土にあがる

湿りたる葉書剝がせば二十年のローン契約終了通知

かく長くここに棲まむと思ひきや閉ぢたる窓の開かなくなりぬ

定まれることのごとくに繁りたる楓の幹をのぼりゆく虫

出で来るは駒か独楽かと言ふ男大徳利の首つまみつつ

いつよりか地元で呑むを習ひとし後ろ姿でおほよそは知る

出かける時はいつもパニック。

鍵、手帳、ケータイ、PASMO　朝ごとに一つを忘れ約束も反故

遷都論いつしか凋み中空のテラスを歩む犬と婦人と

やがて来る大き眩暈（めまひ）を待ちながら人間ドックに生き血を抜かる

汗を垂（た）り水無き谷を越えて行く宮益坂から道玄坂へ

その後に生きて残れる者として地下の茶房に珈琲を飲む

ドアの向かうに人がゐますと書いてある貼り紙を読むドアのこちらに

首相とは同い年らしい。

九四、〇四、一四と覚えし日あり二〇一四刻まれゆくか

壮年を過ぎて戦さを知らざりき背後より来る吶喊(とつかん)の声

つきつめて問はず過ぎたる悔しさを呪文の如く一人つぶやく

父たちの戦後をときに蔑(なみ)し来て何も持たざるわれらとなりぬ

夏の夜を簡易ベッドに旨寝(うまい)する今日の続きに明日のあれば

母が他界したのは二年前。

食卓に亡きひと三人現れてしばしを怒りゐまひて去りぬ

「道草」を書きはじめたる漱石の暗く執念(しふね)き心をおもふ

妻と子と猫の夢二が円居（まどゐ）して愉しきことを計りゐるらし

命ひとつ宿せる人のかたはらに刺繍の薔薇は形成（な）しゆく

繰りゆけば二十二面と一面に死刑執行の記事を載せたり

蟬の声今年初めて聞きしとぞ葉書を読めば鳴く声聞こゆ

裸足にて海界（うなさか）越ゆる橋あらば日の暮れ方を渡りゆかむを

ゆつくりと息を吸ひたりあかねさす紫色の雲に向かひて

あとがき

二〇一二（平成二十四）年の「短歌研究」七月号から一回三十首、三ヶ月ごと八回、二年間にわたって作品を連載する機会を得た。その三回目「ブリッジ」が短歌研究賞を受賞し、連載終了後二〇一四年九月号に「約束の地」五十首を載せた。この歌集は、その九つの作と、「列島の秋」（「短歌往来」二〇一三年一月号）と、「北入曽の道」（「歌壇」二〇一四年四月号）の二作に、若干の作を加えて一冊としたものである。歌集にするにあたっては、元の歌や配列を少し改めた。

連載作品を作りはじめて間もなく、短歌の師である武川忠一が亡くなり、その偲ぶ会の数日後に母が亡くなった。また、その約一年後に父が亡くなった。東京の郊外に住む両親とは何十年も深いかかわりなく過ごしてきたが、亡骸となった母を目にし、衰えていく父と向き合い、一人子として母、父を送ると、自分が過ごしてきた時代やこれからやってくる死ということが、否応なく思われてきた。

あわただしい生活の中での拙い作であるが、事実の記録として歌を作ってきたわけではない。私小説風の小さな物語を作ることに興味を覚え、結果として十一編の小品にまとめることとなった。生まれてこの方たびたび転居をしてきたが、現在の栖に移ってからいつの間にか二十年がたつ。心身の停滞と思いつつ、日本と日本をとりまく世界の大きな変動の中で、明日がどうなるかは全くわからない。五十歳代末の感傷が、二年の月日とその奥の時間とともに、この十一編につぶやかれているかもしれない。

前の歌集『爽竹桃と葱坊主』との間には時間が空いたが、この歌集は五冊目の歌集となる。歌集を編むにあたっては、玉井清弘氏をはじめ、「音」の方々にアドバイスをいただき、また短歌研究社の堀山和子さんにいろいろお世話になった。ありがとうございました。

内藤　明

歌論・エッセイ

窪田空穂と「気分」

はじめに

よく知られているように、釈迢空・折口信夫が自らの作歌体験を語った『自歌自註』[1]の中に、「空穂の微動論」という言葉が出てくる。

新詩社の初期にあれ程働いて、俄かに声を収めた窪田さんが、其後、小説の自然主義の起ると共に、短歌の心理に微動を表現しようといふより、むしろ繊細な気分を描写しようといつた主張をした。この空穂の微動論は、今は忘れられたのかも知れぬが、当時は、非常に青年歌人に影響を与へたもので、若山牧水などは、まともにその影響を受けてゐる。啄木があゝいふ人生を見出さうとしたのも、さういふ点から這入つて行つたものと言ふことが出来る。

「短歌の心理に微動を表現しようといふより、むしろ繊細な気分を描写しようといつた主張」（傍点筆者）と文脈をねじりながら、それを「空穂の微動論」として括るなど、いささか理解しづらいが、「微動論」は、微かな揺れ動きを重視しつつ、それを主体のあからさまな表出として展開するのでなく、微妙な気分として一首の中に描きだそうとすることの主張、とでもいえるだろうか。明治三十年代から歌を志し、四十二年以降「アララギ」と関係しながら独自の世界を築いていった折口が、自らに流れている異質な要素を語っている中で展開されている一節である。そこに折口の短歌への指向の一端もうかがえるが、窪田空穂を考えるに際して、この「微動」（微思・微旨）と「気分」は重要な意味をもとう。

とくに「気分」という語は歌の批評用語として空穂の文章にしばしば見られるものであり、空穂の愛語といってよい。だが「気分」という語はなかなかとらえがたい語でもある。『広辞苑』はその意として①きもち。心もち。②あたり全体から醸し出される感じ。雰囲気。をあげるが、「気分」と「きもち」との間には微妙なニュアンスの違いがあり、右の折口の一節において、「心理」と「気分」との間にも何らかの位相差がある。そしてまた漠然とした雰囲気をいう語としての「気分」は、さまざまな使われ方をしている。しかし、それだけに、空穂が「気分」という語に託そうとしたものは、いろいろな角度から考えてみる必要があるであろう。本稿では、空穂の文章における「気分」という語のありようをその文脈とともに確認・検討し、そこから見えてくる空穂の歌に対する指向や方法を考えてみたいと思う。

1 「気分の」位相――古典評釈から

空穂は二十三冊に及ぶ歌集を残すとともに、多くの古典、近・現代文学の研究・批評を成し、また万葉、古今、新古今の全評釈を著した。その古典の読みは、時々の研究成果を取り入れるとともに、歌人としての歌への認識が投影されてもいる。その中で、例えば戦中戦後に書き継がれた『万葉集評釈』を読むと、そこに「気分」の語が多く使われていることに誰もが気づくだろう。ある場合は作者の気持ちを指し、ある場合は景や一首から立ちのぼってくる雰囲気を指し、ある場合はその融合されたようなものを指しているが、この語が、短歌の読みや批評にあたって、空穂に愛用されていたことが認められる。

ところで、万葉の歌の読みにおける「気分」の語の多用は、大正四年に刊行されて多くの読者をもった『万葉集選』における批評から始まる。『万葉集選』は正続二冊の新書版大の本で、抄出した万葉歌に簡単な解と評を添えたものだが、橋本達雄氏はこの本が近代万葉に与えた影響の大きさ、とくに他に先駆けてなされた家持作品の評価に空穂の独自性を認めている。[2] そして、その評の部分に、「気分」の語がしばしば使われている。

我が宿のいささむら竹吹く風の音の幽(かそけ)きこのゆふべかも　大伴家持

春夜の静かなうちにゐて、耳に付いて来た、かすかな竹にさはる風を聞きすましてゐる気分が感じられる。かすかな、そして捉へられない音そのものが直ちに家持自身の心であると見るべきである。写生の歌ではない。この歌の単純を極めてゐる所も気分そのものであるからと見るべきである。家持の特長の最もよくあらはれた歌の一首である。

（傍線筆者。以下「気分」に傍線を付す）

右は、家持のいわゆる春愁三首（万葉集巻19・四二九〇〜四二九二）の二首目であるが、この中に二回「気分」の語が使われている。ここでいわれている「気分」の義は、一義的にとらえれば、作者の心持ちということになるだろう。風に耳を澄ましている作者の心のありようが「気分」という語でいわれている。そして「感じられる」ものとしての「気分」とか、歌が「気分そのもの」という文脈は、「気分」という語が感覚的なもの、情趣的なものをとらえる語として使われていることを示している。またこの歌の構造を、空穂は、〈対象〉「かすかな、そして捉へられない音」（自然）＝(イコール)〈自己〉「家持の心」（人間）、という形でとらえている。対象と作者、自然と人間の一体融合をそこにみているわけで、景は景の描出のためになされているわけではない。その上で「かすかな、捉へられない〈音〉」＝「かすかな、そして捉えられない〈作者の気分〉」という構造を一首から抽出している。当歌は聴覚という感覚による叙景歌といえるが、対象の描出が、即ちその対象と一体となった心の表出となっていることを空穂は読みとっているといえよう。

その際、「家持の心」を、「気持ち」とか「心理」とかでなく「気分」の語で言うのは、対象が一首にいわれている夕闇の中の「音」という感覚的で「幽き」ものであり、その「心」が、「かすかな、捉へられない」ものであることと関わってくる。一定の形をなすものでなく、捉えがたい雰囲気の意を持つ「気分」が、そういった「心」を表すにはふさわしく、それは折口が「気分」に冠した「繊細」という語とも関わろう。またさらにいえば、この「気分」という語は、単に作者の心を言うだけでなく、それがあたりに発している一つの雰囲気、あるいはあたりの雰囲気そのものを示しているように思われる。右に見た景と心の融合的構造が、「気分」の語のもっているある曖昧性と呼応しており、「春夜の静かなうちにゐて、耳に付いて来た、かすかな竹にさはる風を聞きすましてゐる気分」という表現は、作者の「心持ち」であるとともに、そのような作者の心持ちと一体化したその場の感じをも彷彿とさせるのである。

このように見てくると、評価の低かった家持歌を近代的に評価したとされるこの評の背景には、一つには、〈自然の景の描出〉=〈人間の心の表出〉、という、主体と客体を一体化するものとしての短歌の構造に関する空穂の認識があり、いま一つには、「かすかな、捉へられない」ような「繊細」な「こころ」としての「気分」に対する評価の方向があり、またそういった「捉へられない」ような作者の「気分」に象を与えるものとしての短歌への期待があった、ということができる。そして、右の評で「写生の歌ではない」とことさらいわれているのは、この当時の空穂が、「写生」を、主体より客体を重視し、対象をありのままに描いていく方法であるととらえていたからであろう。同年(大正四年)に刊行された『作歌問答』では、「歌の本来から申しますと、歌は心持です。心持の現はれが歌です。その意味から申しますと、写生は歌ではありません。少くとも正しい歌ではありません」と述べており、「心持」を第一とし、その「現はれ」に歌の本質を置こうとしていることが知られる。言葉では捉えがたいような「心」のありようと、それを景に託しながら雰囲気として描出しようとする方法意識が、「気分」と言う語と強く結びついているといってよいだろう。

もちろん、『万葉集選』において「気分」という語は家持歌にのみいわれているわけではない。しかし、繊細な春愁の歌として近代に人気を博した三首が、「気分」という語と一体となって発見・評価されていることは重要であろう。そこに評者である空穂の指向がうかがえるわけだが、ここでもう一つ注意されることは、この「気分」なる語が、一つの時代性を負っていたのではないか、ということである。『万葉集選』は大正四年に刊行されるが、別稿[3]で論じたように、その原型は、「文章世界」の明治四十年八月から四十一年十月にかけて連載された「万葉新釈」によっている。しかし「万葉新釈」と『万葉集選』の間には採択されている歌の増減があり、また批評態度として、「新釈」における事柄・情の直截的表現への評価から、『選』における、「境」と「心境」との融合という表現への関心への推移が見られる。そして前者においては、「気分」という語は見られず、また先の家持歌も採択されていない。このことから、空穂にとって「気分」という語が浮上して来るのは明治四十二年頃以降ではないかという推測が成り立つ。

また空穂にとっての家持理解やその評価が明確な形をなして来るのもそれと並行しており、空穂における歌の方法や本質に対する新たな理解や問題意識も、それと一体のものではなかったかと思われる。空穂は、自らの家持愛好が二十代に故郷で万葉を読んだ時に始まることを述べているが(「年齢の推移と好尚の推移」大正12・3「早稲田文学」)、それを作歌の問題と絡ませて意識化する行程がそれ以後にあったはずである。

2 「気分」の生成——同時代の短歌への批評から

では、空穂が現代の短歌を論じたものの中に「気分」はどのように現れてくるのだろうか。この語が批評の中で明確に現れてくるのは、明治四十二年である。空穂はその一年の短歌界を、「全体から言へば、短歌の境がその人の気分本意になったといふ事実の殊に際立つて見えた年である」と「気分本意」の語をもって語り、例えば吉井勇の作をめぐって、次のような批評を記している。

強ひて一首一首の興にこだはらず、一つの続いた心持が、流露するに任せて歌ひ続けて行かれる間に、所謂気分が十分表はれてゐて、気分を気分としてのみ歌はんとするに伴ふ一種の厭味のない、却つて優れたものがあつた。

「短歌壇の回顧」（明治42・12「文章世界」[4]）

ここでは「心持」と「気分」に差異をもうけ、「心持」から導き出されるようなある感情の勢い、雰囲気を「気分」とし、その「気分」が自ずからあらわれている歌に対する評価がなされている。また若山牧水の作に、「客観的に材料を捉へ来つて、その中に自個の主観の色を髣髴として現したやうな、一種の力ある朴茂な歌を見受けた」としてその「新しき歌」を評価しており、今年の歌壇に、「二、三年前に萌した傾向を継承して明らかに気分を歌ひ、その中に新しい境を拓く事に力めた」年としての進歩を認めている。「心持」そのものを表すのでなく、客観的に素材を扱う中に主観を彷彿とさせながら「気分を気分として」うたおうとすることへ評価であり、それが数年の蓄積の中から生まれてきたことをいう。冒頭にあげた折口の言は、こういった空穂の指向を簡明にとらえていよう。

また四十三年では、「歌壇に於ける二傾向」（明治43・10「新潮」）に、

心持を出すとか気分を現すとか云ふことを、詩壇では最近に至つて初めて喧ましく云ふやうになつたのであるが、私は与謝野晶子氏の短歌を見ると、余程以前からかう云ふ傾向があつて、而かも立派に成功してゐたものと思ふ。

と、詩壇との並行として浮上してきた「気分」の語がいわれている。同時期、例えば「早稲田文学」の「時論」に載せられている服部嘉香「主観詩と気分象徴」は、三木露風の『寂しき曙』をとりあげ、「吾々

が実際生活から受ける印象、沈黙の刹那刹那に感得する自己の純一な気分を象徴的に渾化して一つの芸術品とする事は、自由な主観詩の職能である」(「早稲田文学」、明治43・12)と「気分」や「気分象徴」の語を使って評価している。明治三十年代の浪漫主義から自然主義への推移の中で自己の心持ち、主観を赤裸々にさらすことへの一層の指向がなされていくとともに、日露戦争後の時代社会において、固定的で、連続的で、強固さをもつ自我やその表出とはやや距離のある「気分本意」ということが、一つの時代の雰囲気として、とくに若い世代に受け入れられたのではないだろうか。

当時、空穂は「文章世界」の「短歌」欄の選者をしており(明治39年から大正2年まで)、その優秀作(天・地・人)三首に短い選評を付けているが、この年の7号(5月刊行)から「気分」という語が登場している。例えば「黄に濁る夕べの空のなやましき楡の林にあひゞきをする」(天野謙二郎)の作に対して、「初夏の頃の重くるしい空気が描かれてゐて、それが其の恋の気分になつて居るやうに感じられる」といった批評が見られる。自然の景の描出が、恋愛自体のありようと重なるものとして捉えられ、その雰囲気が「気分」という語でいわれている。また、「襟あかき少女をおもひ夕ぐれの二階の戸より飛ぶ燕見る」(山路信)に対しては、「気分によつて生きようとする歌だ。明るく軽い心がポッと浮び出る感がある」とある。作者の心の姿を、景の表出などを借りながら一つの雰囲気=気分として表出している歌への評価といってよい。ところでその当時、「文章世界」の「長詩」の選は北原白秋が担当していたが、中嶋国彦氏は、明治四十三年から大正元年までの白秋の選評に「気分」「情緒」「匂」「感覚」といった語が多く使われており、その中でも「気分」が突出して使われていることを指摘している。[5] 白秋の「気分」は、より情調や感覚に近いとしても、「気分」が時代の詩歌の雰囲気に共有されていたことがうかがえる。空穂は、「余程以前」からの晶子の短歌にこの「心持ち」「気分」の表出があることをいうわけだが、「気分」

という語を得ることで、それが別の角度から再把握されているといってよい。

そして四十四年に入ると、「四十三年の短歌壇」（「読売新聞」44・1・15）で、

> 我が真はやがて我が気分で、其外には求むべき所も無いといふ事になつて、短歌は初めて自在なる天地を認め得たかの観がある。

と「我が気分」を「我が真」とする言がなされる。そして「連続したる情調気分を表はして行く上に於ては、幾多の連続したる短歌のあるを妨げない」と連作に触れる。その背後には尾上柴舟の短歌滅亡論や連作論があり（「創作」43・10他）、また、それを受けた石川啄木の「一生に二度とは帰つて来ないいのちの一秒」をいとしみうたうといった主張（「一利己主義者と友人との対話」初出同43・11）が踏まえられていると思われるが、おそらくそこには、「気分」というものが、瞬間瞬間に生まれては消えていき、時間とともに変化し続ける性格を有していることとの認識があるだろう。その上で、現在の「我が真」としての「我が気分」のあらわれた短歌がいわれているといってよい。

さらに「歌壇時感」（「秀才文壇」明治44・2）では、「歌は、自分の心持、気分を愛し、それに執着する力によつて、色が濃くも淡くもなり、従つて独創といふ背景が鮮明になり、又不鮮明にもなる」と、「才」（ヘッド）でなく「心持ち」＝「気分」（ハート）の重要さをいう。しかしここではまた、「自己を歌へ、真実を歌へ、といふ言を、今の歌壇でモットーにしてゐるが、唯真を歌ふといふ事なれば、自己の瞬間の気分を歌ふのが適切で有らうが、真なるものは、必ずしも見たり感じたる事実、と云ふ事では無く、其奥に、今一歩、心持の中に引付けられたものと思ふ」と、「真」が必ずしも「事実」そのままではないことをいう。そして、今の若い人の歌が、事実を頼りにし過ぎて、余りに真実という意味を目標にし過ぎ、心持ちが濃く出ていないことを危惧し、次のように述

べていく。

もっと広闊とした天地の間で、自己の心持を愛し、執着し、それを大切に押へて、微かなひびき、微かなゆるぎといった風な一呼吸を歌ふ態度が取れはせぬか。

この「歌壇時感」は、前の「四十三年の短歌壇」と並行する内容だが、ここでは主観、真の個性的な心持ちの現れを短歌に求め、そのために自己の現在の気分を歌うことを強く肯定しつつ、しかしそれがあまりに自己の事実の再現に傾くことを戒めて、「広闊とした天地の間」という囚われのない大きな世界の中でなされることを庶幾している。「広闊とした天地の間」は一つのレトリックといえるが、ここでは、主観への執着を、もう一つ大きな世界の中に解放して相対化していくことの必要がいわれているといえるだろう。そしてその上で浮かびあがってくるのが「微かなひびき、微かなゆるぎといった風な一呼吸」といったものである。それは、「天地」という大きな世界の中にある人間の、微小ではあるが確かに生命として存在している命の動きであるともいえるだろう。そしてこの「微かなひびき、微かなゆるぎ」こそ、折口のいう「微動」であるといってよい。

さて、「気分」の語を追いながら明治四十二年から数年の空穂の現代短歌へのコメントを見て来たわけだが、そこには空穂が求めようとしている歌の姿、歌の本質に関わる空穂の思想の一端が、その推移とともに浮かび上がってくるといえよう。まず第一に、基本にある空穂の短歌観として、歌は作者自身の主観、心持ちの現れとしてあるべきだという信念があげられよう。その前提として、心持ちこそ、その人の真と呼ぶべきものであるという倫理に近い強い意志がある。そして第二に、その心持ちを現すために、心持ちを瞬間の気分として、時に客観的な素材の把握なども融合させながら描き出していく、という方法意識の生成を見ていくことが出来よう。そして第三に、その「気分」として庶幾されるものは、「微かなひびき、微かなゆるぎ」といった繊細にして捉えられがたい微動であり、それは主体が「天地の間」に自在に開かれていくことで発見・獲得されるものである、という認識があげられよう。

そしてこのような三つに括ったとき、第一の自我から発する強靱な自己表出と、第三の自我を包む大きな世界の中での繊細な微動は、逆のベクトルを示しているように見える。しかし、おそらくその二つの相互関係の中に、空穂は、固定してくっきりした輪郭をもった強い自我でなく、開かれた存在としての柔軟な形をもった自我を求めていたのであろう。そしてその自我は、「気分」といった感覚的で、外部との相互的な感応・融合の関係の中にあらわれるのであり、それに形を与えるものとして短歌があり、第二の短歌の「方法」が求められていたのではないだろうか。そこに、近代の中で築いてきた空穂の独自性があるが、そのあたりを、空穂の自歌への批評などからさらに考えてみよう。

3　「微思」と「天地」

空穂は『まひる野』（明治38・9刊）所収の

朝靄や一本百合（ひともとゆり）にまつはりて露と結ぶをあはれと見るかな

に対して、六十年後に「自歌自釈」して、（「農村生活をしていた身には常凡極まる」景を）「思い入って詠んでいるところに当時の気分がある、気分というのは、靄が草の葉を縁として露に変形してゆくところに、ある感動を覚えたのである。神秘感といっては過ぎるが、詩情といっては軽過ぎるものである。実感が伴っていたからである」といい、「実感とは恋愛気分である。『朝靄』は男性で、『一本百合』は女性だったのである。（略）『露と結ぶ』はいわゆる縁で、そこに神秘ともいうべきものがあったのである」[6]と述べている。「気分」という語で、二十代の作歌心理を再把握しているわけだが、ここには、属目の自然の景と、またそれと人事とを結ぼうとする連想に「感動」・「実感」を覚えている空穂がいる。そして、その自然の二景の結合を、神の摂理といってもよい「縁」「神秘」と繋がるものとして把握し、その気分によって歌をなそうとする。また続けて、「詠み終わると、一首、象徴の形になっていたのに心づいた。意識してのものではなく、おのずからそうなったのである。そのころは、よい歌は『微思』の表現になっているということ、一つ覚えに覚えていてのことである」と述べている。表現された形としての「象徴」が、無意識のうちに直観的になされ、「微思の表現」が庶幾されていたことが語られている。当時空穂は数多く新体詩を書いているが、短歌においては景の描出をもってする自らの気分のあらわれとその微妙な味わい、恋愛気分や神秘への指向といった要素が瞬間の内に凝縮されているといえよう。ここには、『まひる野』時代からみられる、空穂の基底にある作歌方法が、回想的に語られている。

また「自歌自釈」は、『濁れる川』（大正4年刊）所収の

天地（あめつち）に照りわたりたる秋の日の光うごかし風の吹けるも　（同3年作）

に対して、「興味を感じて捉えたものではなく」「緊張した気分の、一瞬時の気分の象徴として詠んだもの」といい、「清澄にして静かな秋の日、『光うごかし』て動いてきた風に心を寄せたのである。光の動くのが目に残っていた」と言っている。「気分」そのものは名状しがたいものであるが、ここでは光の動きという光景がそれを「象徴」していること、またさらにそれが「天地」の中に位置づけられていることが注目される。当歌は先の『万葉集選』と同時期の作だが、かの家持歌への批評に準じて言えば、この景は空穂の心＝気分そのものであり、とすれば「天地」という「広闊とした天地の間」を包みこみながら展開されている景は、大きな世界の中に開いていこうとする自己の心そのものであるといえよう。先

に見た四十年代の現代への批評で萌芽し、求めていた方向を、純粋なる景の描出を通して体現しようとしているといえよう。

　しかし一方、空穂は同集の

　　げにわれは我執の国の小さき王胸おびゆるに肩そびやかす

に対して、「疑惑に飽き、疲れを感じると、反動的に、小自信に捉われていた心の具象」であるといい、「自己否定」の歌だと述べている。ここでは心の姿が心の形のままに描かれ、「我」への執着が批判されるわけだが、このように「我執」を歌うことは、その「我執」の存在を空穂が自覚し、その存在自体を肯定していることでもある。囚われから解放された広い天地を求めながらも、現実としての我の存在を強く認識している空穂をそこにみることが出来よう。

　このように見てくると、一方で空穂は自我に執着する自己をわれのひとつの姿として捉え、また一方でそれから解放されようとする世界をも歌っているといえるだろう。『濁れる川』の冒頭近くに、「燕（つばめ）来ぬ何とは知らずものうくも重き心のつづきたる日を」と「つばくらめ飛ぶかと見れば消え去りて空あをあをとはるかなるかな」の二首のあるゆえんであり、両者は不可分な関係にあるが、前者は、近代を生きる空穂にとっていわば文学的前提であり、後者は自身の気質と人生から紡がれてきた祈りのようなものであったとも思われる。少年の空穂を文学に導くものには「文学界」など明治二十年代の文学や、時代のものとしての自己主張があった。しかし、三十三年に「自我の詩」を主張した鉄幹の「明星」に加わった空穂は、「新詩社」が「与謝野氏の主として功名を――志士としての対社会的の感懐を詠まうとする新傾向と、晶子氏の奔放な恋愛を詠まうとする」二つの傾向になり、その両者に共鳴出来ず、また与謝野氏が、「私などから見ると、微旨を歌ひ得た、心にくい作だと思ふ物も、『男子の歌ぢや無い』と」否定するようになったことなどから、翌年にはそこを離れる（「作歌を初めた当時の思ひ出」『全集』第五巻）。自我の発露としての述志や恋愛への憧憬とは異なったところに、空穂の指向はおもむく。そして三十七年には友人水野葉舟にすすめられ、植村正久から洗礼を受け、その正久への敬慕の情は一生を貫いた。空穂の精神世界の形成には、父から受けた農村的倫理思想、青年期以降のキリスト教や禅宗、また日本の古典などから享受した世界観などさまざまなものの影響がうかがえるが、そういったものの混淆の内に、空穂の中には自らの現実を見つめるとともに、その自らを「もっと広闊とした天地」の中に置いてとらえようとする宗教的な指向が形成されていったといえるだろう。

　例えば、空穂の歌には、「天地」という語が多く使われるが、それは大きな世界の中に小自我を置くことで、その自我を相対化し、かつその生命力を強く肯定する歌を生み出す。

夏に見る大天地はあをき壺われはこぼれて閃く雫　『まひる野』

天地の中に湧きたる蛆虫と、誰そや汝の言のよろしさ。　『空穂歌集』

天地にたづねまどひきたづぬるはいかなるものとおのれ知らなく　『鳥声集』

白桃と呼ぶは足らはず天地のちからあひ合ひて成りたる木の実　『卓上の灯』

天地はすべて雨なりむらさきの花びら垂れてかきつばた咲く　同

命一つ身にとどまりて天地のひろくさびしき中にし息す　『丘陵地』

　一首目、若く浪漫的な雰囲気の中で、自己を大きな自然の中に輝かせる。二首目、人間の存在を卑小な取るに足らぬものととらえるが、村崎凡人の指摘にあるように、ここには禅宗の影響があろう。[7] 三首目、「現身の生の命のたふとさ」（この前に置かれている歌）を探しあぐねていた青春回想の歌であり、それはキリスト教とも関わろう。四首目、果実の豊饒を天地の力の総合と見る。五首目、叙景の歌だが、一つの花の存在を天地の中に位置づける。そして七十歳代の六首目、人間の生を、「身」に「命」が宿っているものと見、その生のあらわれを「息」という微動に求めており、自己の微かな存在を、天地という大きな自然の中で確認している。それぞれ概念と言えば概念の歌だが、小さな存在を、大きな世界に放ちつつ確認し、その生命力が讃美されており、宗教性をもった自己認識の歌といえるだろう。こういった世界を繰り返し歌い、かつ古典を論じながら深めていったところに、空穂の特徴ある一つの世界が生成されていったといってよいだろう。ちなみに、家持の春愁三首の一首目の「春の野に霞たなびきうらがなしこの夕かげにうぐひす鳴くも」について、戦後刊行された空穂の『万葉集評釈』には、「この歌の『うら悲し』は、彼一人の気分としての物とはせず、人間共通の感の如く、突き放して、客観的のものとし、その気分を醸し出す大自然と一体なものとし、それを云ふことによつてこれを現してゐるものである」という言がなされている。「人間共通の感」「大自然との一体」などは『万葉集選』に書かれていなかった認識である。

このように見てくると、空穂にとっての微かなるものへの指向は、自らが本来的にもっていたものであるとともに、「広闊とした天地」において人間が、また我が、微小な存在であることを認識しようとする中で意識化されていったものと思われる。それは相対的に、自然・世界の無限性を認識することでもあるが、その認識は、強固に自己や物の輪郭を押し出すことをせず、常凡さや変哲のない小風景に眼差しを向けさせようとするものでもある。一面で大きな秩序に呑み込まれる危険性をもつが、それは小と大、人間と自然、主体と客体との一体融合を通して、短歌に、微かなひびき、微かなゆるぎの確かな存在とその味わいを現そうとするものであった。「気分」による「実感」の描出や「象徴」といった空穂の方法は、こういった空穂の指向と、また時代のある「気分」が生み出していったものといえるだろう。

おわりに

「気分」という語に注目しながら、空穂の指向、方法のごく一端を考えてきた。それは折口のいう「空穂の微動論」と深く関わるが、「写実」と「象徴」といった、近代短歌の大きな問題とも重なってこよう。例えば、斎藤茂吉も、この「気分」について「童馬漫筆(三)」(「アララギ」明治45・6)で論じている。[8]茂吉はまず「力に満ちた、内生命に直接な叫びの歌は尊い」といい、そこでは「作者が如何なる内部衝迫から」詠んだか、また「表はされたる言語の直接性」などに留意すべきことをいう。その上で、「文芸評論家などのいふ気分といふ語」についてさまざまに論究し、「気分」を「ほんのりした一種の気持をいふ」として、それは「関聯した事象と結んで感覚的に表はす場合が多い」ことを述べる。「気分」と「事象」の結合を見るところは空穂と通う。また「内的動乱の直接な表現」とは異なった「気分」の歌やスバル派の象徴の歌は肯定されていないが、「アラ、ギ近来の作物中には心持を象徴的にそして稍鮮かな感覚的に表はした歌がポツ〳〵見える様である」とも記しており、この時期のアララギ若手の動向をうかがわせる。しかし、短歌の本質に内部よりの強い詠嘆を置き、強固な主体からの「実相観入」の写生論を展開を見せていく茂吉と、微動を重んじて、詠嘆・写実よりは気分そのものの描出を試みる空穂とは、その自然観・人間観もふくめて大きな相違もある。近代の人間主体のありようとも関わって、「気分」から見えてくるさまざまな問題が想起されてくる。

注

(1)『折口信夫全集31』(中央公論社新版)所収。

(2)橋本達雄「秀歌三首の発見」(『大伴家持作品論攷』〈一九八五年、塙書房刊〉所収)。空穂の万葉学については、橋本の『万葉集の時空』(二〇〇〇年、笠間書院刊)に詳しい。

(3)拙稿「窪田空穂における万葉集研究の出発」(「早稲田人文自然科学研究」第52号、一九九七年)

（4）『窪田空穂全集』第八巻による。以下本節の引用はこれによる。

（5）中島国彦『近代文学にみる感受性』（一九九四年、筑摩書房刊）五〇頁。

（6）「自歌自釈」（『窪田空穂全集』別巻所収）。以下本節の引用はこれによる。この歌は自歌自釈の冒頭にあり、空穂は、この歌は「明星と疎遠になっていたころ」、与謝野晶子に評言で褒められた記憶がある歌である、と述べている。なお『日本近代文学大系17』の『まひる野』の頭注（武川忠一）によると、当該歌の初出は「新古文林」（明38・8）の「朝の靄の百合に一滴の露となるを見つゝたゝずみ寂しと思ひし」。

（7）村崎凡人『評伝窪田空穂』（一九五四年、長谷川書房刊）一二六頁。

（8）『童馬漫語』（大正8年刊）では「気分」を一章とし、内容・語句に異同がある。

（「日本現代詩歌研究」第五号、二〇一二年三月）

九月十七日

ぽっかりと時間が空いたので、根岸の子規庵に行ってみることにした。

ラブホテルが建ち並ぶ小路の奥に、その平屋は在った。靴を脱ぎ、受付の小部屋から中に入ると、想像通りの八畳間があり、隣りには子規が牀を延べていた六畳間が庭に面して並んでいる。子規忌の二日前で、六畳のガラス戸に、大きな糸瓜が五つ、六つ、棚から垂れているのが見える。そして八畳から庭を眺めると萩、鶏頭、芙蓉、薄と、秋の花が緑の中に目を引く。

三方の建物を除けば、「仰臥漫録」の世界そのままだ。感慨に耽って八畳間の縁側の奥に目をやった。そこは厠の入口になっており、その水道の洗面台は何か場違いだが、しかし狭い縁側の廊下の感じは、どこか見覚えがあった。そう思ってみると、家全体の作りは、小学校に入った頃住んでいた東京杉並の借家とあまり変わらない。廊下の奥には、手を洗うために水を溜めたものが吊され、便所の中には蠅取り紙が垂れていたが、畳部屋の縁側の、木の枠のガラス戸の向こうには、四季の草花を丹精して育て咲かせた、あまり陽気とはいえない狭い庭があった。大きな戦争をいくつか経ながら、明治中頃から昭和中頃まで繋がっている何かがあったことが思われた。

庵を出て上野まで歩き「レンブラントとレンブラント派」を観た。宗教画の光と影の微妙な配合と、リアルな表情に強く打たれた。しかし、何という画だったか、神の啓示である天よりの光に、人間だけが恐懼の眼差しを向け、馬や羊や犬が見向きもしていないのが不自然に思えた。まだ日は高く、私は茶屋で麦酒を飲みながら、子規庵で求めた画集を開いた。クリスチャンであった病床の祖母や父母は、あの畳の部屋でどんな思いで外の景色を眺めていたのだろうか、そんなことを思いつつ、いつしか言いようのないいとおしさと幸福感に満たされていた。

(「音」二〇〇三年一一月号)

記憶――わが失敗の記

朝目覚めると、傍らに桜の枝が置かれてある。みごとな花だなあとよくよく見ると造花である。どこかの商店街の桜祭りの品らしい。昨晩のことを思い出すと、二軒目の居酒屋の途中からの記憶がない。どうやら桜狩りをしたらしい。頭の中はただ真っ白である。桜狩りはもう二、三十年前のことだが、その頃は青くて長いプレートやら正体不明の石やら、二日酔いの頭にさらにダメージを与える品々が、部屋隅に置かれていた。

酔って記憶をなくすのは、学生の時からである。翌朝の嫌な気分はたとえようがない。またどこかで馬鹿をしでかしたのか、とんでもないことを言ってしまったのか、あれこれ考えると落ち着いていられない。額に傷があったり、手足に青あざがあったりすると、それを手がかりに行動を思いだそうとするが、記憶はどこかに飛んでしまっている。少し時間がたって、一緒に呑んでいた誰彼にそれとなく様子を聞いてみると、態度がつめたい。

記憶がなくなるというのは、分かる人には分かるが、分からない人には信じられないことらしい。その時のことが頭の中に記憶はされているがそこに到る回路が失われているのか、それとももともと記憶されてなかったのか。どちらでもいいことだが、脳のどこかが麻痺しているのだろう。おそろしく、危険なことと言わざるを得ない。

酒に酔ったあやふやな境界線上で歌を作ることがある。理性の抑圧を離れて、何物かの声に導かれようとするわけで、その時は悦に入って、裏紙などに数首を書きとどめるのだが、翌朝見ると、これが全く読めない。文字になっていないのである。思い出そうにも、片言隻句も思い出せない。所詮、向こう側の世界のことだったのだろう。ある朝、鳥の声と涼しい風に目覚めると、わが身は家の近くの神社のベンチに横たわっていた。まこと、酒に呑まれてはいけない。

（「歌壇」二〇一一年七月号）

人間の声——追悼武川忠一

今年の二月、結氷した諏訪湖を見に行った。澄んだ青空の下、山に囲まれながら雪を含んで凍る湖は、実に美しかった。武川忠一はここから出発して、戦中戦後の都市を経巡り、そしてそこに帰って行ったのだろう。この諏訪湖畔に、武川の歌碑が立っている。

ゆずらざるわが狭量を吹きてゆく氷湖の風は雪巻き上げて　『氷湖』

第一歌集『氷湖』の冒頭の「氷湖」二十首は、離郷者である作者が、原風景としての氷湖と向き合って、幾年かをかけて作歌し、構成した一連である。そこには父と対峙して自立を遂げていく物語も語られているが、右の一首では自己に向き合い、自らでも制御できない何ものかをさらけ出そうとしている。われという個の生と精神を、風土の関わりの中に歌っていこうとする意志があり、輪郭のはっきりした個が、自然に包まれつつ屹立している。

武川のこういった歌に、私はある近寄りがたさを感じてきた。ここには、しっかりした原風景や核によって支えられた、ストイックな生のありようがある。それへの畏れや及びがたさの念は、都市に生まれ、なかば虚構の中に浮遊する者から見た、ある違和感といえるのかもしれない。しかし、武川の歌は、自己の生の軌跡に沿いながら、近代化によってなされていくこの原風景の解体、喪失を歌に刻んでおり、それは戦後の日本人、広く言えば現代の人間の歴史を短歌という形式に刻んだものであるともいえる。そしてまた武川は、詩と人間の原郷に遡って、歌の源泉を求めてもいく。読者は、武川の歌を通して、一人の人間の生をたどると同時に、人間が長い時間の中で積み重ねてきた思想、感情、習慣、そして美を体感することができる。武川忠一という歌人は、このようにして歌を読むことができる最後の人であるのかも知れない。

冷えこごりやがて凍りし湖（うみ）のこと思想のごとし冴え冴えとして　『秋照』

固きもの尖るもの光るもの描きていしがぐにゃぐにゃとなる　『地層』

時代の中で「ぐにゃぐにゃ」を感じるとき、氷湖は幻の中に冴え冴えと輝き、甦ってくる。それは、それぞれの読者の深層に眠り、また希求してやまない、峻厳にして清冽な原郷の世界なのではないかと思う。

武川は、作歌とともに、論を書き、研究を積み重ねてきた人であった。創作と批評と研究の三位一体を志し、文学としての短歌をもとめつづけてきた。明治以来の近代短歌の蓄積に深く分け入るとともに、古典の世界にも強い興味をもっていた。ライフワークとなった『窪田空穂研究』や『近代歌誌探訪』『抒情の源泉』『作品鑑賞による現代短歌の歩み』など、代表的な著書の他にも、多くの文章を残しており、伝統詩型に依ることの根拠を問い続けるとともに、多くの先人の蓄積を大切にしてきた。その仕事は地味で、論争を好まなかったが、放恣に流れるのを警めつつ、鋭い人間洞察と、柔軟な歌の読みがあった。歌の読みの深さと広さは抜群であったが、その基底には、根っからの歌好きということがあった。歌への理由無しの愛着が、作歌にも、研究・批評にも貫かれていた。そして、誰にでも文学としての短歌を求めた。厳しい批評の眼が、自他ともに向けられており、知らず知らずの内に、まわりの者に刺激を与えてきたのだと思う。

　第七歌集『翔影』が出てから二十余年、武川は歌集を編むことがなかったが、その間に三千首余りの歌を発表している。今度、既刊歌集とともにこれらの歌も全歌集としてまとめられるが、そこには、日本や世界が大きく変化した二十世紀末から二十一世紀初頭を、懸命に歌に生きた一人の歌人の言葉と姿が浮かび上がってくる。

　五十年何ぞと問える死者の声生き残りたり恥
　　の歌詠み

　妄想とは今も思はずまたも見る君の駆逐艦沈
　　みたる夢

　大正八年生まれの武川は、戦中世代の上限といえる。戦争に行かなかった武川は、戦死した友とともに戦後の時間を生きてきたのだろう。そしてその思いは年々深まり、強く自らを苛み、怒りを誘ったようだ。武川がときどき見せる恥の感情と、ある種の反俗、反時代性は、戦後の武川の根幹にあるものだろう。そしてまた、自らを鼓舞しつつ紡ぎ出された晩年の歌は、シンプルにして美しい。

　書けばよし老いたる思ひを書けばよしかく思
　　ひつつ机に一人

　ゆきふりておどろきおどろきその白き雪ふみ

あゆむその白き雪

その澄み通った肉声を耳にすることはもうないが、時に激しく厳しく、時に優しくこまやかな声は、調べとして短歌に刻まれている。短歌という形によって文字にとどめられた、紛うことなき人間の声であり、人間の思いである。

（「短歌往来」二〇一二年九月号）

解説

内藤明歌集『夾竹桃と葱坊主』

島田修三

著者の第四歌集である。この歌人の特長は平穏に見える職場や家庭の日常を題材として、そこに潜む微妙なズレやきしみの感覚、あるいはなんとも名状しがたい不条理をつかみとって来る点にある。本歌集にもそういう歌がなにげなく置かれる。

殺すにはいささか理由（わけ）が必要で恥知らずにも文案が要る

新しきコートを脱ぎて椅子に置く死ぬ理由などどうにでもなる

満員の電車のいづこ包丁は研がれて鉄のにほひを放つ

一首目、題材となった事柄の顚末はよくわからないが、殺気のようなものが深々とこもる。理不尽な現実との異様なきしみが歌われているのだ。二首目も上句から下句への唐突な飛躍に違和感がきしむ。三首目になると、状況と感覚（幻嗅）とにズレがあり、この殺気をはらんだ唐突な感じが妙にリアルなのである。

死にました起きよ起きよと猫の手が伸びて来るなり壁の中より

なかぞらにぴんと張つたる一本の綱あるごとし朝を出づれば

朝日射す畳にゆつくり這ふ蛇を跨げばすなはちネクタイとなる

不思議な味わいの歌だ。一首目は夢として読むべきだろうし、二首目の情景も幻覚のようにも見える。ここにも微妙なズレやきしみの感覚がある。三首目は以上の種明かしともいえそうだが、なんともおもしろい。

しまつたと口から声の放たれてしまつたしまつたもう帰れない

こういう否定的な独り言の歌が歌集に散在するが、そこに独特の諧謔がこもり歌集の奥行きとなっている。

（「短歌」二〇〇九年四月号）

「正統」を形作るもの
——『夾竹桃と葱坊主』評

糸川雅子

内藤明の歌は「正統」という言葉で評されることが多い。たしかに、定型を活かした調べの典雅さが特徴であるが、発想や認識の方法という点では、「異端」とも呼びうる要素を持っているような気がする。少なくとも、明治以降の近代短歌が形成してきた一般的な自然認識にはむしろ背を向ける形で出発してきた。

足先に水泡となりて盈ち寄する地球を覆ふこの辛き水　『壺中の空』

鋭（と）き緑激しき紅を見て来たる両のまなこを水に洗へり　『斧と勾玉』

第一歌集の時代から内藤にとって自然とは、太古の時代には人間がそこに親和感のうちに存在しており、そして、今や「地上」からは喪われてしまったものとして歌われてきた。だからこそ、ここにはない「壺中の空」であり、「海界の雲」であったのだ。そして、眼前の自然を含めた現実の事物に対するときには屈折感が伴ってくるのである。現実の自然や事物は、そこに感情移入していくようなものとしてではなく、根源的違和感をもたらすものとして描かれているので、読者であるわれわれは、「まなこを水に洗」うわれを見ている高次のわれの眼差しを感じざるを得ない構造になっているのだ。

　これもまた、調べの端正さ故に見過ごされがちであるが、内藤明は、かなり意識した意図を持って、それぞれの歌集を性格付けながら纏めるタイプの作家であり、作品世界を大きく揺らし動かしたのが前歌集『斧と勾玉』であったと考える。そして、その振幅がどの方向に動いてゆくのか注目していた訳だが、やや意表を突いて、第四歌集『爽竹桃と葱坊主』は「軽み」の世界を繰り広げてくれるのだ。だが、それを表面的に味わうだけがこの歌集の魅力ではないだろう。

　　食卓に茄子とゴーヤと皿があり写生されたる
　　かたちのままに

　一見嘱目詠の趣の巻頭歌であるが、前述したような作品構造の流れにおいてみると、「写生」という語に、正統たる近代短歌の理念を見てとりたくなるのもあながち穿ち過ぎではないだろう。そして、やや距離をとってそれを見つめる眼差しがここには確かにある。

　　死にました起きよ起きよと猫の手が伸びて来
　　るなり壁の中より
　　騙(だま)されてたまるものかと見上げをりライトア
　　ップの桜さくらよ

『夾竹桃と葱坊主』は「壮年」の悲哀を屈折した心

情のなかに伝えてくる歌集であり、その味わいに異論はないのだが、一旦こうした著者のねらい、意図のようなことに思いが至ると、その一筋縄ではいかない感じが読みの愉しみをもたらしてくれることを理解しつつも、もっと愚直で直球勝負の歌い方が多くあってもいいような気もしてしまうのである。

（「音」二〇〇九年六月号）

「思ひ出し笑ひのやうに」言葉を掬う
――『夾竹桃と葱坊主』評

塚本　諄

やまとうたは人の心を種としてよろづのことのはどぞなれりける

古今集仮名序のはじめにある言葉だが、歌を作っているとき、己の感情の有処を見つめていると、自己の言葉が読み手としての言葉になっていることに気付かされる場合がある。

内藤明歌集『夾竹桃と葱坊主』を紐解きながら、言語化された思いの確認というか、静かなイメージの中に読み手としての自己を立たせていたのである。

食卓に茄子とゴーヤの皿があり写生されたるかたちのままに

「夏の光景」と題する巻頭歌である。初めから読み手の思索を促す歌である。「写されたかたちのまま」にある茄子とゴーヤと皿——。スケッチをしたあとと受け取るのがふつうだろうが、認識のあとの一点景と解してもいいだろう。何でもないことが何か意味あるものとして眼前に提示されるのである。

　わたつみに照り翳りする午後の陽を身籠りし
　人と遠く見てゐき
　身にそそぐ水が欲しとは思はねど夕べを来た
　りこの川の辺に
　ひとり来て海吹く風に向かひをり四十九歳、
　歳晩の夜

　いずれも思惟する一人の男の姿がある。新しく生命を宿した人と並んで見つめる海彼の光のゆらめきも、夕べの川の水も、海を吹き渡る風も、淡々としたしらべであるが、そのしらべ故に不離不即のものとして眼前に迫ってくるのである。その態度や良しと共感する。

　やがて来る津波あるべし夜の窓にあまた光の
　瞬きやまず
　針金を伸ばし縮めていぢめをり草上に今クリ
　ップはなし

　前者は現代人の不安感をうたっている。市井の平均的な感覚であろう。先行き不透明な現代社会の中で生きる者が一様に抱く思いでもある。後者はごくごくふつうの感覚であり、クリップを弄びながら、一本の針金に伸ばしてしまうことはよくする動作である。ストローの袋をいくつかに折る動きにも相通ずる、なんてことない無為の動作なのだが、心中ふかくでは何かを考えている無意識の行為なのである。
　この二首を見ても分かるように、作者の言葉の身ぶりはけっして高からず、生活人の肉声から言葉を発している。強い主張や思いは底部に隠しているようだ。そのように思わせるものが文体から匂ってくる。それは人間に対する親愛感とでも言ったらよかろうか。

思ひ出し笑ひのやうに噴き出づる愉しき言葉
　おつとあぶない
感情のひとつひとつを言葉もて逆撫でしては
たのしむのだね

これらには作者が底部に隠しているものがおのずと吐露された、愉快な歌である。「思ひ出し笑ひのやうに」言葉を掬い、「逆撫でしてはたのしむ」の作者の心ゆとりの一面でもあるのであろう。
「タイトルを思案しながら玄関を出たところ、一本の夾竹桃の紅い花が目にとまり、また道路を隔てた畑に、坊主となりはじめた葱が四列並んでいるのが見え、これだと思って題とした」とあとがきに述べるように、歌集名もふつうのように見え、ユニークなのである。集の半ばに「夾竹桃の道」と題する長歌が一首ある。だが、「葱坊主の歌はまだない。（略）肩の力をすこし抜きながら、しかしどこかに芯の通った歌をつくりたいと思う」のである。

このままでいいよとささやく声のして里芋畑
の傍らをゆく
また逢ふを約す言葉を重ねつつ歳月は人を優
しくさせる

特段のレトリックを要さず、思いを心中ふかく潜らせながら、生きる面差しを上げて進んでゆく――。

水のうへ光残れる夏の暮れまだ見ぬ星の友を
よばうよ　　　　　　　　　　　　（巻末歌）

〈人の心を種としてよろづのことのは〉を堅持してゆく作者なのだと思う。自在な詩性を有す人である。

（「梧葉」Vol.20　二〇〇九年冬）

幽明を渡る

――『虚空の橋』評

黒瀬珂瀾

男は旅している。幽明の境を。そして、生死の水際を。遠い旅ではない。日々の生活に極めて近く、それゆえに知覚しがたい世界の揺らぎとでもいうべき空間を、静かに歩み続けている。

　本書は内藤明の五冊目の歌集。二〇一二年から二年にわたり「短歌研究」に連載した三十首詠八作を中心に、他連作等を加えて再構成した一冊となる。この時期、現実の作者は師・武川忠一と母、父の死とまみえることになった。本書の歌世界もそこから生じる感慨を核としているが、単純な生活感情の記録ではない。むしろ、精神の振動を捉えんとした小さな物語集のような手触りがある。

ひとこゑに呼び合ふ鴉、ふたこゑに遠吠ゆる
犬、人語いまだし　「春日断章」

まだ暗き沼の面を見てゐしが鳥驚く方に歩み
はじめつ

幽明を分かつ川とは思はねどさざなみなして
流れゆく水

歌集冒頭の「春日断章」は精神の旅の導入として、重い雰囲気を湛えている。人の世界と鳥獣の世界。暗がりとほの明かりの世界。普段我々が気付かずに踏み越える小さな境界を、内藤は鋭敏に察知する。境界を行き戻りする詩情、というべきものが本書の底に流れている。

皺くちやの拳を開きたらちねはキスチョコつ
われに呉れたり　「春日断章」

病む者を一人残して帰りゆく丘の道より街の
灯の見ゆ　「ハクビシン」

ふた月の彷徨ののち一枚の浴衣を着けて帰り
来たりぬ

死に近づく母が境界を越えゆくさま。それを内藤は静物のように精緻に描く。母と吾は丘と街という二つの領域に別れゆき、そして母は小さな彷徨を生の最後に遂げる。抑制の効いた内藤の文体が、柔らかな幻想的光景を探りゆくなかに、生の実感が摑み取られてゆく。

そのこゑの身のうち深く遺れるを鎮めてひとり蕎麦を啜れり　「ハクビシン」

幾億の細胞静かに死にゆくか光の中をいのちうつろふ

そこにある死に引かれゆくゆふまぐれ路上に赤き雲を見てゐつ

本歌集において特に長く見つめられるのが、生と死の「境界」である。しかしそこには明確な線引きはない。むしろ生は死を含み、また死は生を内包するかのような感覚が紡がれ、その往還を揺れながら歩む主体の姿が描かれる。

右一首目、遠ざかった者の「こゑ」がまだ己の体深くに残る。その「こゑ」をさらに呑み込み、記憶として鎮めようとする抑制心が、蕎麦を胃の腑へ収める動きと重なる。二、三首目に描かれる「死」も単純な滅びではなく、命の営みと深く同調する躍動感を有する。境界線上に立つがゆえに、両方の領域を見渡すことのできる感性が、緻密に言語化されてゆく。いうなれば内藤は、小さな越境という物語を、それぞれの連作によって繰り返し綴っているようにも思える。

妻は脳われは心臓止まるとき臓器、眼(まなこ)を提供すべし　「列島の秋」

木の椅子となりて芝生にひねもすを黙(もだ)してあらば楽しかるべし　「ブリッジ」

たましひをしばらく抜かれわが腕は窓のむかうに降る雪を抱く　「北入曽の道」

現実がかすかにその現実から浮かび上がることで物語となる。現実の記録に極めて近い姿を取りながら、微妙にずれゆくことで現実が隠し持つ詩情を歌に照らし出す。それは眼前の景を異化する「マジックリアリズム」的感覚でもあろう。一首目、己と妻それぞれの《死》に差があることを思い、臓器と眼になった死後を思う。二首目、木の椅子になるということは物を言わず誰かを座らせるということでもあろうか。三首目、雪景色を見つめる吾が、室内から屋外へと流れ出るような感覚。右三首のように自己の姿そのものを変容・異動させんとする衝動は、内藤独特のユーモア感覚とも相まって、不思議な読後感を残してくる。

人類の地に在る時間短かきを今年のもみぢの遅きを言へり　「ブリッジ」

朝に飲むコップの水のうまきこと今飲むごとく話す父はも

右腕がよぢれて内にもぐりたる黒きコートが吊るされてあり　「春の混沌」

生と死に界（さかひ）のあらば教えてよ窓より射せる朝（あした）の光　「方舟とカロート」

幾たびも時と所をわれに問ふ命ただよふ方舟の中

時間や記憶、存在がこの歌集では様々に変容する。一首目、地球に比べれば短い人類の時間と、年々巡る季節の小さな異差。流れの異なる時間が、ある発話者の中で並びあう。二首目も経験と時間の関係の揺らぎを巧みに捉えた。捩れたコートに肉体の損壊を幻視する三首目はフランシス・ベーコンの人物画を思わせる。歌たちは自在に繋がりあい、一冊の中で影響し合い、変容に魅かれる作者の精神を伝える。それは最終的に、父の死を詠んだ四、五首目のように、生と死のあり方を読者に問うてくるのだ。

遠き日の記憶の底に置かれゐし死海の水の盈つるガラス器　「三熊野詣」

亡き人にまみゆる旅にあらねども雨音止めば百鳥（ももどり）のこゑ

歳晩の海に入りゆくあかき日を今年逝きにし人と見つむる　「歳晩の客」

内藤自身が後記で書く通りに本書を「私小説風の小さな物語」の集積と信じるのは危ういが、現実と主観の間に「ずれ」を見出すことに詩を求める作者の願いはよく分かる。それは畢竟、生死流転を生きねばならない人間が、過ぎゆく者と時に捧ぐ《祈り》であるだろう。内藤にとって生とは、幽明入り混じった境界を旅することではないのか。そうして生まれくる歌は、重ねられた祈りに他ならない。一首目、時間の果てへ命が遠ざかりゆくイメージ。二首目、命豊かな鳥の声が騒がしいなか、思わぬようにすればするほど蘇りくる死者の記憶。三首目もまさに、流転する命の顕れだ。

バスタブに遊ばす左右（さう）の膝小僧しんじつ生きてきたのだらうか　「歳晩の客」

ドアの向かうに人がゐますと書いてある貼り紙を読むドアのこちらに　「約束の地」

一人の人間の内省がゆっくりと読者に伝わる。作者は「ドアのこちら」という《生の側》にいながら、ドアの向こうにもまた誰かがいることを、信じている。

（「短歌研究」二〇一五年一一月号）

鎮魂のしらべ

——『虚空の橋』評

三枝浩樹

第五歌集『虚空の橋』は挽歌の歌集と呼びたい趣である。歌の師武川忠一、一年を置いて相次いで逝去した父母。挽歌の心が通奏低音のように暮らしの節節で奏でられている。まず次の二首を挙げてみたい。

字を書きしことはなけれどそのむかし伝言板が駅舎にありぬ

道のうへに蜂の巣置かれ二、三十散らばつてゐる蜂の亡骸

場面とものがはっきり捉えられているが、これらの背後にある思いは俄には見えない。しかし一つの目、一つの心がこれらの〈もの〉を捉えているらしいということは分かる、不思議な魅力を湛えた歌である。「ハクビシン」という連作は母の死をテーマにしたものだが、この時点ではそれは分からず、あとになって分かる。母の死の前後の喪失感にも通う気分。それを踏まえて読むと、これらの歌の陰翳がはっきり見えてくる。

花の下逝きたる人の面影のいくつ重なり水の上ゆく

この歌に詠まれているのは先師武川忠一氏を含む諸々の死者の面影であろう。「身罷りし人と来たりて川べりの桜を見上ぐ今年のさくら」という歌もあって、花を見る心には死者が寄り添う。死者を得て花はいよいよ美しく、いよいよ妖しく匂う。

そのこゑの身のうち深く遺れるを鎮めてひとり蕎麦を啜れり

これも先師への挽歌であろうか。死者の声を思い起こしつつ身を慎むようにして食すわれ。「ひとり蕎麦を啜れり」には生き残った者の悟りなく、聞き分けのない愚かさを噛みしめるような思いが読み取れる。連作の後半に母の死の歌が見られる。

病む者を一人残して帰りゆく丘の道より街の灯の見ゆ
おもむろに受話器は伝ふ垂乳根(たらちね)は物をつませ身罷りしとぞ
大いなる力によりてこの夜を廊下の奥に眠らされをり
きのふ母が淀みなきに口調に喋りゐし病棟三階に行くこともなし

母の死の事実を受け容れる目。主観を抑えて、客観に即いて詠んだ歌である。母と子は死者と生者に分かれ、死の現実を前にして生という位置に置かれた者の名状しがたい思い。それが象られている。「大いなる力によりて」の一首に注目したい。

春の日はあまねかりけり若き日にもとほり行きし安乗(あのり)への道
罪負へる少年われは畏れたり古き戸棚の天金の書
妣が国、父います天、忘却は日に夜に人を美しくする

「三熊野詣」。鎮魂のしらべを聴こう。

（「現代短歌」二〇一五年一二月号）

虚のレアリテ
――『虚空の橋』評

松本高直

よく名は体を表すというが、内藤明の歌集名は彼の世界を象徴しているように思われる。『壺中の空』『海界の雲』そして今回は『虚空の橋』だが、「壺中」「海界」「虚空」という言葉からは、日常の世界から垣間見る〈虚〉の世界への誘いが感じ取れる。

灯の下に開きて覗く紙袋何もなければ息を吐き込む
薄皮の向かうにありて笑ひゐる思ひ出せない忘れ物ひとつ
抜かれたる奥歯のありし空間を舌に確かめ寝につかむとす
封筒を開ければ紙の人形(ひとがた)が出できて息を吹きかけよとぞ
視野に入り視野より出づるひとひらは蝶にやあらむ深く目を閉づ

ここに挙げた歌をよく読むと、内藤の意識の底に潜んでいる特異な感覚が伝わってくる。彼の表現自体に奇を衒ったり鋭角的な描写ははない。だからつい読み過ごしてしまいそうだが、彼の歌には喪失感が存在している。そして、これは何気ない日々の中から、呟きのように湧き上がる〈虚〉の空間となっている。

おそらくは写真が生みし記憶ならむ花の下なる一族の宴
大いなる思ひ違ひのまま過ぐる月日も人もアルバムの中

「一族の宴」が写真によって作りだされた記憶、思い違いのままの月日。時として〈事実〉は断定できない不確かな事象として感じられることがある。ここでは、何故か彼の生きてきた事実そのものが欠落している。このような歌に出会うと、読み手は言い難い〈違和感〉に包まれてしまうのだが、この〈違和感〉は内藤の作品を支える通奏低音になっている。『虚空の橋』は総合誌に連載した作品を基に構成された歌集である。かれは、私小説風の小さな物語にまとめたと言っている。「事実の記録として歌を作ってきたわけではない」とも述べている。この物言いに内藤の作品を読み解くヒントがある。この歌集の背景には、かれの師や父母の死があり、これらの死を媒介に自己の回想が描かれている。だが、作品は直に事実や感情を吐露してはいない。あくまでも距離感を保って、小説のように仮構された事象として詠われている。

　今はなき二本の間にうちわたす銀の歯列をブリッジと呼ぶ
　裸足にて海界（うなさか）越ゆる橋あらば日の暮れ方を渡りゆかむを

　橋を詠った歌を引いてみた。詠った内容はそれぞれ異なっている。一首目は、欠けた歯を補う架工歯、つまりブリッジ。身体に係るものである。かすかに身体の欠落感を漂わせながら生活上の事物を描いた即物的な歌である。二首目は、「海界越ゆる橋」という観念性が強く、意識の果てに架かる橋を詠んでいる。内藤の歌の醍醐味は、「ブリッジ」から「海界越ゆる橋」への転位の中にあると思う。

（「音」二〇一五年四月号）

内藤明略年譜

一九五四年（昭和二九年）
八月十日、東京都大田区馬込に生まれる。父義生、母和子の長男。父方の祖母、伯母、猫が居た。

一九五九年（昭和三四年）　五歳
父の転勤により京都市左京区下鴨に転居。

一九六一年（昭和三六年）　七歳
東京都杉並区清水町に転居。桃井第一小学校に入学。のち、新設間もない東京学芸大学付属小金井小学校に転校。

一九六三年（昭和三八年）　九歳
母方の実家の杉並区神明町に転居。

一九六六年（昭和四一年）　一二歳
小金井市に転居。

一九七〇年（昭和四五年）　一六歳
附属中学を卒業し、世田谷区下馬の東京学芸大学付属高校に入学。高校紛争の末期、モダンジャズ研究会に入部して主にベースを担当。

一九七三年（昭和四八年）　一九歳
早稲田大学第一文学部に入学。中学時代に回覧雑誌「改造」をやっていた仲間と小説と詩の同人誌「轆轤」を創刊。

一九七五年（昭和五〇年）　二一歳
入学時は史学専攻へ行くつもりだったが、日本文学専攻に進む。歌誌「まひる野」に入会。

一九七七年（昭和五二年）　二三歳
大学を卒業。卒論は「伊勢物語論」。

一九七八年（昭和五三年）　二四歳
都立武蔵高校定時制教諭となり、近くにアパートを借りる。傍ら、早稲田大学大学院文学研究科の古代研究室に在籍。このころ、短歌の研究・創作の会が出来、「朱夏」を刊行。

一九八一年（昭和五六年）　二七歳
修士論文「人麻呂歌集の研究」（主査戸谷高明教

授）を提出。博士後期課程に在籍。

一九八二年（昭和五七年）　二八歳
武川忠一を中心に歌誌「音」創刊に参加。

一九八三年（昭和五八年）　二九歳
十一月、大里佳与と結婚。

一九八四年（昭和五九年）　三〇歳
高校を退職。金沢八景の関東学院女子短期大学専任講師となり、神奈川県逗子市桜山のアパートに転居。

一九八六年（昭和六一年）　三二歳
長女千裕生まれる。

一九八八年（昭和六三年）　三四歳
逗子橋近くの賃貸マンションの三階に転居。

一九九〇年（平成二年）　三六歳
早稲田大学社会科学部専任講師となり、「文学」、「日本文化論」等を担当。以後、文学部、教育学部、同大学院等を兼担。九七年より教授。

一九九一年（平成三年）　三七歳
長男潤生まれる。一一月、第一歌集『壺中の空』をながらみ書房から刊行。

一九九三年（平成五年）　三九歳
八月、埼玉県狭山市北入曽の建売住宅に転居。

一九九六年（平成八年）　四二歳
一月、論集『うたの生成・歌のゆくへ』を成文堂から、六月、第二歌集『海界の雲』をながらみ書房から刊行。

一九九九年（平成一一年）　四五歳
四月より、大学院社会科学研究科で「日本研究・日本文化論」の研究指導担当。

二〇〇三年（平成一五年）　四九歳
八月、第三歌集『斧と勾玉』を砂子屋書房から刊行（第九回寺山修司短歌賞、芸術選奨文部大臣新人賞を受賞）。

二〇〇五年（平成一七年）　五一歳
十月、『内藤明集』（セレクション歌人21、邑書林）刊行（『壺中の空』全篇所収）。

二〇〇八年（平成二〇年）　五四歳
四月、『正岡子規　斎藤茂吉』（安森敏隆と共著、晃

洋書房）刊行。十二月、第四歌集『夾竹桃と葱坊主』を六花書林より刊行。

二〇一二年（平成二四年）　五八歳

四月一日、武川忠一死去。六月一六日、母死去。

二〇一三年（平成二五年）　五九歳

五月五日、父死去。

二〇一四年（平成二六年）　六〇歳

九月、「ブリッジ」三十首により第五十回短歌研究賞を受賞。

二〇一五年（平成二七年）　六一歳

七月、第五歌集『虚空の橋』を短歌研究社から刊行（第二回佐藤佐太郎短歌賞、第二十回若山牧水賞を受賞）。

二〇一六年（平成二八年）　六三歳

十月、八菜（姉猫）死去。

二〇一八年（平成三〇年）　六四歳

五月、第六歌集『薄明の窓』（第四歌集以後の作を所収）を砂子屋書房から刊行。

続 内藤明歌集　　現代短歌文庫第141回配本

2018年12月7日　初版発行

著　者　内藤　明
発行者　田村雅之
発行所　砂子屋書房
〒101-0047 東京都千代田区内神田3-4-7
電話　03－3256－4708
Fax　03－3256－4707
振替　00130－2－97631
http://www.sunagoya.com
装幀・三嶋典東　　落丁本・乱丁本はお取り替えいたします

現代短歌文庫

（　）は解説文の筆者

①三枝浩樹歌集
『朝の歌』全篇
②佐藤通雅歌集（細井剛）
『薄明の谷』全篇
③高野公彦歌集（河野裕子・坂井修一）
『汽水の光』全篇
④三枝昻之歌集（山中智恵子・小高賢）
『水の覇権』全篇
⑤阿木津英歌集（笠原伸夫・岡井隆）
『紫木蓮まで・風舌』全篇
⑥伊藤一彦歌集（塚本邦雄・岩田正）
『瞑鳥記』全篇
⑦小池光歌集（大辻隆弘・川野里子）
『バルサの翼』『廃駅』全篇
⑧石田比呂志歌集（玉城徹・岡井隆他）
『無用の歌』全篇
⑨永田和宏歌集（高安国世・吉川宏志）
『メビウスの地平』全篇
⑩河野裕子歌集（馬場あき子・坪内稔典他）
『森のやうに獣のやうに』『ひるがほ』全篇
⑪大島史洋歌集（田中佳宏・岡井隆）
『藍を走るべし』全篇
⑫雨宮雅子歌集（春日井建・田村雅之他）
『悲神』全篇
⑬稲葉京子歌集（松永伍一・水原紫苑）
『ガラスの檻』全篇
⑭時田則雄歌集（大金義昭・大塚陽子）
『北方論』全篇
⑮蒔田さくら子歌集（後藤直二・中地俊夫）
『森見ゆる窓』全篇
⑯大塚陽子歌集（伊藤一彦・菱川善夫）
『遠花火』『酔芙蓉』全篇
⑰百々登美子歌集（桶谷秀昭・原田禹雄）
『盲目木馬』全篇
⑱岡井隆歌集（加藤治郎・山田富士郎他）
『鵞卵亭』『人生の視える場所』全篇
⑲玉井清弘歌集（小高賢）
『久露』全篇
⑳小高賢歌集（馬場あき子・日高堯子他）
『耳の伝説』『家長』全篇
㉑佐竹彌生歌集（安永蕗子・馬場あき子他）
『天の螢』全篇
㉒太田一郎歌集（いいだもも・佐伯裕子他）
『墳』『蝕』『獵』全篇

現代短歌文庫

（　）は解説文の筆者

㉓春日真木子歌集（北沢郁子・田井安曇他）
『野菜涅槃図』全篇

㉔道浦母都子歌集（大原富枝・岡井隆）
『無援の抒情』『水憂』『ゆうすげ』全篇

㉕山中智恵子歌集（吉本隆明・塚本邦雄他）
『夢之記』全篇

㉖久々湊盈子歌集（小島ゆかり・樋口覚他）
『黒鍵』全篇

㉗藤原龍一郎歌集（小池光・三枝昂之他）
『夢みる頃を過ぎても』『東京哀傷歌』全篇

㉘花山多佳子歌集（永田和宏・小池光他）
『樹の下の椅子』『楕円の実』全篇

㉙佐伯裕子歌集（阿木津英・三枝昂之他）
『未完の手紙』全篇

㉚島田修三歌集（筒井康隆・塚本邦雄他）
『晴朗悲歌集』全篇

㉛河野愛子歌集（近藤芳美・中川佐和子他）
『黒羅』『夜は流れる』『光ある中に』（抄）他

㉜松坂弘歌集（塚本邦雄・由良琢郎他）
『春の雷鳴』全篇

㉝日高堯子歌集（佐伯裕子・玉井清弘他）
『野の扉』全篇

㉞沖ななも歌集（山下雅人・玉城徹他）
『衣裳哲学』『機知の足首』全篇

㉟続・小池光歌集（河野美砂子・小澤正邦）
『日々の思い出』『草の庭』全篇

㊱続・伊藤一彦歌集（築地正子・渡辺松男）
『青の風土記』『海号の歌』全篇

㊲北沢郁子歌集（森山晴美・富小路禎子）
『その人を知らず』を含む十五歌集抄

㊳栗木京子歌集（馬場あき子・永田和宏他）
『水惑星』『中庭』全篇

㊴外塚喬歌集（吉野昌夫・今井恵子他）
『喬木』全篇

㊵今野寿美歌集（藤井貞和・久々湊盈子他）
『世紀末の桃』全篇

㊶来嶋靖生歌集（篠弘・志垣澄幸他）
『笛』『雷』全篇

㊷三井修歌集（池田はるみ・沢口芙美他）
『砂の詩学』全篇

㊸田井安曇歌集（清水房雄・村永大和他）
『木や旗や魚らの夜に歌った歌』全篇

㊹森山晴美歌集（島田修二・水野昌雄他）
『グレコの唄』全篇

現代短歌文庫

（　）は解説文の筆者

㊺上野久雄歌集（吉川宏志・山田富士郎他）
『夕鮎』抄、『バラ園と鼻』抄他

㊻山本かね子歌集（蒔田さくら子・久々湊盈子他）
『ものどらま』を含む九歌集抄

㊼松平盟子歌集（米川千嘉子・坪内稔典他）
『青夜』『シュガー』全篇

㊽大辻隆弘歌集（小林久美子・中山明他）
『水廊』『抱擁韻』全篇

㊾秋山佐和子歌集（外塚喬・一ノ関忠人他）
『羊皮紙の花』全篇

㊿西勝洋一歌集（藤原龍一郎・大塚陽子他）
『コクトーの声』全篇

(51)青井史歌集（小高賢・玉井清弘他）
『月の食卓』全篇

(52)加藤治郎歌集（永田和宏・米川千嘉子他）
『昏睡のパラダイス』『ハレアカラ』全篇

(53)秋葉四郎歌集（今西幹一・香川哲三）
『極光―オーロラ』全篇

(54)奥村晃作歌集（穂村弘・小池光他）
『鴇色の足』全篇

(55)春日井建歌集（佐佐木幸綱・浅井愼平他）
『友の書』全篇

(56)小中英之歌集（岡井隆・山中智恵子他）
『わがからんどりえ』『翼鏡』全篇

(57)山田富士郎歌集（島田幸典・小池光他）
『アビー・ロードを夢みて』『羚羊譚』全篇

(58)続・永田和宏歌集（岡井隆・河野裕子他）
『華氏』『饗庭』全篇

(59)坂井修一歌集（伊藤一彦・谷岡亜紀他）
『群青層』『スピリチュアル』全篇

(60)尾崎左永子歌集（伊藤一彦・栗木京子他）
『彩紅帖』全篇『さるびあ街』（抄）他

(61)続・尾崎左永子歌集（篠弘・大辻隆弘他）
『春雪ふたたび』『星座空間』全篇

(62)続・花山多佳子歌集（なみの亜子）
『草舟』『空合』全篇

(63)山埜井喜美枝歌集（菱川善夫・花山多佳子他）
『はらりさん』全篇

(64)久我田鶴子歌集（高野公彦・小守有里他）
『転生前夜』全篇

(65)続々・小池光歌集
『時のめぐりに』『滴滴集』全篇

(66)田谷鋭歌集（安立スハル・宮英子他）
『水晶の座』全篇

現代短歌文庫

（　）は解説文の筆者

現代短歌文庫

（　）は解説文の筆者

現代短歌文庫

（　）は解説文の筆者

⑪木村雅子歌集（来嶋靖生・小島ゆかり他）
『星のかけら』全篇
⑫藤井常世歌集（菱川善夫・森山晴美他）
『氷の貌』全篇
⑬続々・河野裕子歌集
『季の栞』『庭』全篇
⑭大野道夫歌集（佐佐木幸綱・田中綾他）
『春吾秋蟬』全篇
⑮池田はるみ歌集（岡井隆・林和清他）
『妣が国大阪』全篇
⑯続・三井修歌集（中津昌子・柳宣宏他）
『風紋の島』全篇
⑰王紅花歌集（福島泰樹・加藤英彦他）
『夏暦』全篇
⑱春日いづみ歌集（三枝昻之・栗木京子他）
『アダムの肌色』全篇
⑲桜井登世子歌集（小高賢・小池光他）
『夏の落葉』全篇
⑳小見山輝歌集（山田富士郎・渡辺護他）
『春傷歌』全篇
㉑源陽子歌集（小池光・黒木三千代他）
『透過光線』全篇

㉒中野昭子歌集（花山多佳子・香川ヒサ他）
『草の海』全篇
㉓有沢螢歌集（小池光・斉藤斎藤他）
『ありすの杜へ』全篇
㉔森岡貞香歌集
『白蛾』『珊瑚數珠』『百乳文』全篇
㉕桜川冴子歌集（小島ゆかり・栗木京子他）
『月人壮子』全篇
㉖柴田典昭歌集（小笠原和幸・井野佐登他）
『樹下逍遙』全篇
㉗続・森岡貞香歌集
『黛樹』『夏至』『敷妙』全篇
㉘角倉羊子歌集（小池光・小島ゆかり）
『テレマンの笛』全篇
㉙前川佐重郎歌集（喜多弘樹・松平修文他）
『彗星紀』全篇
㉚続・坂井修一歌集（栗木京子・内藤明他）
『ラビュリントスの日々』『ジャックの種子』全篇
㉛新選・小池光歌集
『静物』『山鳩集』全篇
㉜尾崎まゆみ歌集（馬場あき子・岡井隆他）
『微熱海域』『真珠鎖骨』全篇

現代短歌文庫

（　）は解説文の筆者